袁志发 著

快乐万岁

——后半辈子怎么活

中国文联出版社
http://www.clapnet.cn

华龄出版社

图书在版编目（CIP）数据

快乐万岁：后半辈子怎么活 / 袁志发著 . -- 北京：中国文联出版社，2018.5

ISBN 978-7-5190-3615-7

Ⅰ.①快… Ⅱ.①袁… Ⅲ.①老年人—人生哲学—通俗读物 Ⅳ.① B821-49

中国版本图书馆 CIP 数据核字（2018）第 066430 号

快乐万岁——后半辈子怎么活
Kuaile Wansui Hou Banbeizi Zenme Huo

作　　者：袁志发	
出版人：朱庆	
终审人：奚耀华	复审人：邓友女
责任编辑：曹艺凡	责任校对：甄飞
封面设计：马庆晓	责任印刷：陈晨

出版发行：中国文联出版社
地　　址：北京市朝阳区农展馆南里10号，100125
电　　话：010-85923077（咨询）85923000（编务）85923020（邮购）
传　　真：010-85923000（总编室），010-85923020（发行部）
网　　址：http://www.clapnet.cn　　http://www.claplus.cn
E - mail：clap@clapnet.cn　　caoyifan2007@126.com
印　　刷：中煤（北京）印务有限公司
装　　订：中煤（北京）印务有限公司
法律顾问：北京市德鸿律师事务所王振勇律师
本书如有破损、缺页、装订错误，请与本社联系调换

开　　本：710×1000	1/16
字　　数：138千字	印张：24
版　　次：2018年5月第1版	印次：2018年5月第1次印刷
书　　号：ISBN 978-7-5190-3615-7	
定　　价：56.00元	

版权所有　翻印必究

将快乐进行到底

（代序）

袁志发

我今年73岁。根据我的体验，人过50岁，就应当开始思考一个问题：后半辈子怎么活。如果你已经步入花甲之年或已年届古稀，就更应该努力把这个问题想明白、想清楚。因为，这不仅关系到你的后半生，还可能影响到你的家庭和子孙后代。

人的后半辈子到底应该怎么活？这是个谁也难以一下子就说清楚的问题。如果一定要给出个答案，我想借用一位朋友的话来概括，那就是——"将快乐进行到底"。

本书收录的132篇短文，只是我个人退休后的一些感悟。为了便于老年朋友阅读，这些文章均以短句的形式出现。为了集中表达自己对这个问题的认识，末了又写下这篇发端的话，并作为本书的序。

（一）充满自信

人到老年，
可以缺这少那，
但就是不能缺少自信。

自信是人的压舱石，
人失去了自信，
就可能变成天上的游云，
风一吹就跑了；
还可能成为水上的浮萍，
浪一打就没了。
老年人拥有自信，
才能像一棵根深的大树，
即使面对再大的风浪，
也能站得稳、挺得住。

（二）端正心态

不能说，
心态决定一切；
但可以说，
心态会影响你的一切。
对老年人来说，
比体力和智力更重要的是心力。
心强了，
抗震能力也就强了。
要相信，
人心虽然是肉长的，
但也是可以冶炼的；
只要你的心底洒满阳光，
所有的阴影就都会躲在你的身后。

（三）看淡得失

有人生，
就有得失，

但得失并不重要。
因为，
得到有时恰恰就是一种失去，
而失去有时恰恰正是一种得到。
看淡得失，
不仅是一种智慧，
而且是一种境界。
生时，你没带来什么；
死时，你也带不走什么。
人老了，
最当看重的是健康快乐。

（四）轻装前行
人生所以沉重，
就在于念的东西太多。
人步入老年，
一定要精简背上的行囊。
去掉那么多的妄想，
去掉那么多的"应该"；
多一些无所谓，
多一些不在乎。
你的身轻了，心也轻了，
你才能轻松前行，
既走得顺，也走得远。

（五）热爱生活
生活也是有些灵性的，
你爱它，
它才会爱你。

人老了，
既不要厌倦生活，
也不能应付生活。
生活连着健康，
生活系着生命，
若想安度晚年，
就一定要热爱生活。
要培养某些爱好与兴趣，
让你的生活多一些灿烂；
即使每天开心5分钟，
也会使你年轻很多。

（六）坚持运动

世界上如果还有"不老之药"，
那就是运动。
人活着就要动，
不但腿脚要动，
脑子也要动。
千万不要整天去看电视，
更不要整天躺在睡床上。
人的体魄如何，
与基因有关，
但更多的是靠后天养成。
运动贵在坚持，
坚持数年必有好处。

（七）保持友谊

要相信，
友谊也是一种精神营养，

老年人要把友谊与亲情看得同等重要。
有些话，
你不能对儿女讲，
也不便对老伴讲，
但你可以对朋友讲。
对无儿无女的老人来说，
友谊更像是生命里的流水，
是绝对不可缺少的。
人到老年，
闲暇时间多了，
要经常到朋友圈里去，
哪怕只是闲聊半小时，
也会大有好处。

（八）舍得花钱

有物舍得用，
不要等到有什么机会才去用；
有钱舍得花，
不要等到存够多少才去花。
把物用在美化生活上，
一万个应该；
把钱花在健康快乐上，
一万个值得。
节俭是好的，
然而一味地守财是愚蠢的。
给儿女留点钱财是应该的，
但要记住，
比留钱财更重要的是——
留下美德和美行。

（九）珍惜当下

珍惜生命，
要从珍惜当下的每一天做起。
过去的事情不再想，
儿女的事情不多想，
人老了，
以多一些自我为好。
你活在当下，
就该乐在当下。
抓住过去的事情不放，
是对自我的一种嘲弄；
只为儿女活着，
是对生活的一种误解；
亵渎今天的时光，
是对生命的一种浪费。

（十）活在明天

人生只有三天——
昨天、今天和明天。
人到老年，
不能活在昨天，
也不能只活在今天，
还应当活在明天。
生命喜欢微笑，
生命也需要仰望；
心中有明天，
生命才会有春天。
要坚信，
希望也是半个生命。

(十一)不要怕老

老不可怕,
可怕的是怕老。
你越怕老,
反而会老得越快。
从地球的另一面看,
西下之夕阳,
恰是东升之朝阳。
黄昏也是启航时,
老年亦是人生的黄金时期,
夕阳与朝阳之间的差别,
也就那么一点点。
只要有颗轻松的心,
你的幸福就会像花儿一样。

(十二)学会养心

你活到今天,
吃的怎么样,
穿的怎么样,
住的怎么样,
有多少存款,
真的已不重要了。
重要的是养护好自己的那颗心。
养生,
首先要养心,
养心重在壮心。
你的心强壮了,
无论遇到什么麻烦,
它都对你无可奈何。

(十三)做好自己

自己,
有时候并非就是自己,
人老了,
一定要把自己还给自己。
你把自己做好了,
老伴和儿女也就放心了。
生活总是带刺儿的,
但你要相信,
你虽然不能左右一切,
却可以左右自己。
要有点敢为自我的精神——
你的事情你做主。

(十四)老有所学

学习可以使人增添后劲,
犹如土地施肥可以使庄稼茂盛一样,
人应当活到老、学到老。
老年人学习,
不仅仅是为了增长知识,
更要看重的是提升境界。
人的境界高了,
度量也就大了,
烦恼也就少了,
快乐也就多了,
何乐而不为?!

(十五)老有所为

人老了,

有的是时间，
怕的是空虚。
要让生活变得充实，
最好的选择是——
努力做些自己喜欢做的事。
要坚信，
你也拥有自己的钻石宝藏，
值得你花一番功夫去挖掘，
千万不要说不可能。
诺贝尔奖得主中，
有相当一部分是老年人，
我们应当向他们学习。

（十六）守住尊严

尊严绝不只是个脸面问题，
它更多的是一种心理需求。
尊严——
系着人格，
系着生命；
守住尊严，
既是人性的本能，
也是生命的需要。
老年人应当把尊严与生命——
看得同等重要。
如果有谁伤害老年人的尊严，
那是一种不道德的行为，
应当受到全社会的谴责。

（十七）保持晚节

看人只看后半截，
走好人生最后几步很重要。
汪精卫青年时，
舍身炸过摄政王，
被国人尊称为"革命勇士"，
但晚年投靠日寇，
认贼为父，
国人只对其以大汉奸论定。
吴佩孚中年时，
是镇压工人运动的刽子手，
可谓臭名昭著，
但后来宁死不当汉奸，
又成了爱国者。
人在离开世界的时候，
都要交出一份人生的答卷；
而在这个答卷中，
晚节如何，
至少可占到90分。

2017年9月19日

目录 contents

将快乐进行到底（代序） .... 袁志发　1

第一篇

大美人生在何时 / 002
什么才是真正的财富 / 005
人生也是一种平衡 / 008
生命的最爱叫健康 / 011
最该喊万岁的是快乐 / 014
健康快乐是硬道理 / 017
把老伴当靠山 / 019
把小家当天堂 / 021
退休也是好时节 / 023
别把"潜能"当"余热" / 026
安于人生边缘处 / 028
平凡的日子最美丽 / 031
最美不过平常心 / 033

闲里偷忙不闹心 / 036
万事面前想得开 / 038
放弃许多的"应该" / 041
不把小事情看大 / 044
别把幸运当如常 / 046
不要与自己较劲 / 048
怎样才能放下 / 050
得与失都是一种无常 / 053
靠谁不如靠自己 / 055
一定要守住自信 / 057
不要自己打败自己 / 059
天亮从自家的窗户开始 / 061

第二篇

- 幸福没有统一的标准 / 064
- 幸福的真谛在于心情舒畅 / 068
- 错误的比较很害人 / 070
- 唯有文明才代表贵 / 072
- 心清心静福才多 / 074
- 平平安安才是福 / 076
- 生命并不祈求圆满 / 079
- 生命看重的是厚度 / 081
- 人有两种生命 / 084
- 生命的三种空间 / 086
- 生命的天性是大爱 / 089
- 生命也需要觉悟 / 091
- 谁也不要怪怨生命 / 093
- 亲情是人的精神血液 / 096
- 友谊是一种精神营养 / 098
- 朋友也是你生命里的亲人 / 102
- 分享也是一种快乐 / 104
- 乐在其中就年轻 / 107

第三篇

- 生活原本是一种平淡 / 111
- 老有老的活法 / 113
- 做个内心富有的人 / 117
- 用热情去拥抱生活 / 120
- 一定要做生活的主人 / 123
- 千万别做三种人 / 125
- 过有品质的生活 / 128
- 活出自己的精彩 / 131
- 精简你的行囊 / 134
- 遇事不钻牛角尖 / 136
- 不要轻易耍脾气 / 139
- 切忌长期生闷气 / 142
- 切忌大喜大悲 / 146
- 烦心时常想两种人 / 148
- 最好的医生是自己 / 150
- 把运动当作不老之药 / 152
- 把娱乐当作生活的佐料 / 154
- 把旅游当作生命的需要 / 157
- 休息的哲学 / 160
- 吃饭的学问 / 162
- 过有规律的生活 / 164
- 视小病为正常 / 168
- 有一种智慧叫幽默 / 170
- 最特别的地方是书房 / 173
- 写作也是把开心的钥匙 / 176

第四篇

人心是人体的原子核 / 180
心态是人的定海神针 / 182
人的第四种力量 / 185
心灵深处有明天 / 188
心底光亮才有乐 / 190
幸福源自心里美 / 192
保健要从心开始 / 194
点亮自己的灯 / 196

人要永存善心 / 198
养心从何做起 / 202
燃起心中的火焰 / 205
最可怕的是心魔 / 207
最难防的是心贼 / 209
最复杂的是人性 / 212
不要自己为难自己 / 215
学会感受美好的一面 / 218

第五篇

把自己比作太阳 / 221
老年人生的三大支柱 / 224
切莫把老当枷锁 / 227
别把"老"字挂嘴上 / 231
活在感恩的世界里 / 233
把孤独视为一种美丽 / 236
将独处当作一种享受 / 239
珍惜生命的每一天 / 242
把自己还给自己 / 244
你的黄昏你做主 / 246
多一些长者的风范 / 249

在轻轻松松中老去 / 251
最美的女人是母亲 / 253
最棒的男人是父亲 / 255
你真的了解老人吗 / 258
高龄老人的内心世界 / 261
孝敬父母不能等 / 263
敬老要敬在心上 / 266
望子成龙有讲究 / 268
该给儿女留些啥 / 271
暮色苍茫仍从容 / 274

第六篇

人生也是一场考试 / 280
人生就像一本书 / 284

人生如水品自高 / 286
标点符号话人生 / 290

做人要从养德做起 / 292　　透过成败看坚持 / 312
做事要从改变自己做起 / 294　　人生没有白走的路 / 316
君子高在何处 / 296　　人生容易犯的两个错误 / 319
小人小在哪里 / 300　　人生最大的失败是什么 / 322
人不能过分自我 / 305　　读书能够改变人生 / 324
守住本分看高低 / 309　　什么样的人最受尊敬 / 327

第七篇

人生有度　难在适度 / 332　　为善去恶　从心做起 / 350
尽慈度人　重在补德 / 335　　智者省己　愚者怨人 / 353
路在脚下　力在心上 / 338　　人生在世　得失有道 / 356
没钱不行　钱多没用 / 341　　看人看长处　记人记好处 / 358
人生苦短　苦在何处 / 345　　重重的人生　轻轻地走过 / 361
以德为先　以德为上 / 348

第 一 篇

生命的最爱叫健康,最该喊万岁的是快乐。你健康快乐,才会觉得夕阳也如同朝阳一样美丽。

大美人生在何时

人生在世,
何时最美?
是儿时吗?
不是!
儿时——
虽然拥有无限的天真与烂漫,
但还不知生活为何物。

是青年时吗?
不是!
青年人——
虽然拥有健康的体魄与甜美的爱情,
但还没有真正品尝过世事的艰辛。

是中年时吗?
也不是!
中年人——
虽然也领略过路边的多样风景,
或许还拥有很多的美好与财富,

但对生命的真谛，
还缺乏深刻的感悟。
人只有进入老年，
才堪称——
步入了人生的大美时刻。

人到老年，
虽然头发变白了，
但那是生命之灵光的闪现；
虽然脸上的皱纹增多了，
但那里珍藏着丰富的智慧与经验。
虽然视力、听力、体力都下降了，
但对生命的感悟能力却大大地提升了。

什么是生，
什么是死，
生命最忌讳的是什么，
生命最当追求的是什么，
只有老年人才最明白。

外表的美，不是真美；
幼稚的美，不是真美；
幻想的美，也不是真美；
只有深邃的美，

才算得上真美；
唯有悟透人生的美，
才堪称大美。

想想吧，
在这诸多方面，
有谁能比得上老年人呢？！
老年人，
应当因此而感到骄傲与自豪，
视夕阳与朝阳一样美丽。

什么才是真正的财富

什么是财?

什么是富?

什么才是真正的财富?

人生究竟应该追求些什么?

听听乔布斯的忠告吧!

乔布斯——

作为世界 500 强的总裁,

曾经叱咤商界,

无往不胜,

在别人的眼中,

他是成功的典范。

但当他——

躺在病床上时才发现,

自己曾经拥有的——

所有社会名誉和财富,

在即将到来的死亡面前,

已经全部变得——

暗淡无光,

毫无意义了。

他说——
现在我明白了，
人的一生，
只要有足够用的财富，
就该去追求其他与财富无关，
但却是更重要的东西——
也许是感情，
也许是艺术，
也许只是儿时的梦想。

他说——
我之前赢得的所有财富，
都无法带走；
能带走的，
只有记忆中沉淀下来的——
那纯真的感动，
那与物质无关的爱和情感。
它们——
才是人生真正的财富。

我们应当——
记住乔布斯的忠告，

不要把钱财看得太重,
不要把名誉看得太重。
在人的一生中,
最珍贵的——
永远是那心底的爱,
永远是那纯真的情。

第一篇

人生也是一种平衡

人生是一个系统，
人生也是一种平衡。

人生路上，
有得就有失，
有失就有得，
得与失是一种平衡；
有喜就有忧，
有忧就有喜，
喜与忧是一种平衡；
有甜就有苦，
有苦就有甜，
甜与苦是一种平衡；
有上就有下，
有下就有上，
上与下是一种平衡；
有进就有退，
有退就有进，
进与退是一种平衡；

有直就有曲，

有曲就有直，

直与曲也是一种平衡。

人生如同一台天平，

一端承载着希望，

另一端承载着付出。

有多少希望，

就该有多少付出；

有多少付出，

才能收获多少希望。

自然界的灾难，

多是由于生态的失衡引发的；

生活中的悲苦，

多是由于人生的失衡酿成的。

人生需要守衡，

这不是上天的命令，

而是生命的本真。

最有说服力的，

莫过于我们肌体的构成。

你看，

人有左眼与右眼，

有左臂与右臂，

有左腿与右腿，

还有——

左肺与右肺，

左心房与右心房，

就连耳朵、鼻孔，

也是一左一右，

这左与右，

不都是一种平衡吗？

生命喜欢守衡，

生命惧怕失衡。

真是——

不看不想不知道，

一看一想真奇妙；

不看不想不足道，

一看一想吓一跳。

生命的最爱叫健康

美是一种追求,
也是一种境界。
人皆有爱美之心,
但老年人要视健康为至美——
爱美更爱健康。

美的真谛,
在于自然和纯真;
美的要旨,
在于净化心灵。
老年人要拥有健康之美,
重在养护好自己的那颗心。

学会陶冶情操,
谨防贪欲之心;
学会淡泊宁静,
谨防名利之心;
学会随遇而安,
谨防攀比之心;

学会友善大度,
谨防嫉妒之心。

钱多钱少,
与健康没有太大的关系;
房大房小,
与健康也没有多大的关系;
荣誉、地位早已离你而去,
与健康更没有多大的关系;
能够左右你健康水平的,
唯有你的心态。

人到老年,
一定要做个明白人。
这有那有,
都不如有个好心情;
这好那好,
都不如有个好身体。
好心情是你的天,
好身体是你的地;
好身体 + 好心情,
即使你老了,
也能成为一个顶天立地的人。

生命的最爱叫健康,

只是要记住——

人的美丽,

人的快乐,

人的健康,

都是从心底散发出的光亮。

第一篇

最该喊万岁的是快乐

万岁，是个祝愿的词。
古人用，今人也用。
古时，只用来称谓皇帝，
当下，用得就很广泛了。

人需要相互理解，
于是，有人喊"理解万岁"；
因为没有"了解"就没有"理解"，
于是，又有人喊"了解万岁"；
青春如花似玉，
于是，还有人喊"青春万岁"。
但我以为，
从人生的大视野看，
最应当喊的是"快乐万岁"。

什么是快乐？
古希腊哲学家伊壁鸠鲁说得好：
快乐就是指——
身体的无痛苦和灵魂的无纷扰。
他把快乐的本质说透了，

也把人生的真谛说透了。
人的一生都在追求，
但追来求去，
不就是图个快乐吗？

生活无忧是一种快乐，
夫妻相爱是一种快乐；
儿女孝敬是一种快乐，
家庭和睦是一种快乐；
扶贫济困是一种快乐，
见义勇为是一种快乐；
失而复得是一种快乐，
因祸得福也是一种快乐。

快乐是一种拥有，
快乐是一种解脱；
快乐是一种崇高，
快乐是一种境界；
快乐是心底的阳光，
快乐是精神的抚慰；
快乐是人性的舒展，
快乐是生命的需要。
如此想，快乐还不该喊万岁吗？

再想想吧，

快乐万岁

如果没有快乐，
你的生活会是什么样子。
用佛家的话说，那就是"如人入暗"。
心里总像压着一块石头，
眼睛总像蒙着一层纱布；
天也阴了，地也黑了，
脚下的路也断了；
有的是烦恼，有的是痛苦，
再有的就是愤怒与仇恨，
整个生活都变味了。
如此想，更不该喊一声"快乐万岁"吗？

喊皇帝万岁，
那是一种恭敬，
但他是虚的，
有谁能活一万岁呢？
喊"快乐万岁"，
这是一种需要，它是一种存在，
有谁能不需要快乐呢？

健康快乐是硬道理

少年时，
你把上学摆在第一位；
参加工作后，
你把事业摆在第一位；
今天，
你该把健康快乐摆在第一位。

如果你已经生活无忧了，
还有必要期望有多少存款吗？
显然不必要了。
如果你已经 70 岁了，
还有必要留恋曾经拥有的荣耀吗？
显然也不必要了。

过去，
你曾为工作中的磕磕碰碰烦恼过；
今天，
这样的情况已远离你而去了。
过去，
你曾为提职呀、调动呀烦心过；

今天,
这样的情况也已不复存在了。
过去的事情,
就让它过去吧!

今天,
你最当看重的是健康快乐。
你快乐,
自己的身体才会健康;
你健康,
老伴才会觉得有靠山;
你健康快乐,
儿女才会有一个幸福的家。
快乐地活着,
比什么都重要!

人生是一条单行线,
谁也不能走出去再掉过头走回来。
人生不同于下棋,
下棋输了可以再开一局,
而人的生命只有一次。
珍重生命吧,
在这个世界上,
能够完全属于你自己的——
只有生命。

把老伴当靠山

你得到一个人，
也就属于这个人；
一个人变为两个人，
两个人共有一个生命。
这个人是谁？
就是你的老伴！

天下之人，
最知你的人是谁？
是老伴！
全家之人，
最能与你身心相贴的是谁？
是老伴！

老伴想到的事，
儿女未必都能想得到；
老伴能做的事，
儿女未必都能做得了。
年轻人的爱是炽热的，

老年人的爱是深邃的。

人到老年,

比儿女更能理解你、抚慰你的——

唯有老伴——

只有老伴,

才是能与你终生厮守的人。

要记住,

老伴就是你的靠山。

要相信,

把老伴当靠山,

一点儿也不会错。

把小家当天堂

人生有天堂吗？
你的天堂在哪里？
不要胡思乱想了，
家——就是你永远的天堂！

房子虽然不大，
家具也已陈旧，
但它们已陪伴了你几十年，
你的情与爱都播撒在这里。

这里比歌厅舒坦，
这里比酒店温馨，
这里比港湾宁静，
家——是你最自在的地方。

你可以退休，
但你不能退离家庭，
即使漂流在天涯海角，
你也会思念着这个家。

第一篇

家——是你的安乐窝；

家——是你的避风港。

只有这个家，

才是你——唯一可以终身厮守的地方。

赵朴初先生说过：

父母的家，永远是儿女的家；

孩子的家，就永远不是父母的家。

他的话是对的，

把小家当天堂，

绝对不会错！

退休也是好时节

退休不是一种失去,
恰恰相反,
它是另一种意义上的得到。
你失去的是重负,
得到的是轻松。
闭目想想,
这不正是生命的期盼吗?

你退离了工作岗位,
但并没有退离社会,
更没有退离家庭。
你依然是儿女的靠山,
依然是社会的一员,
依然是国家的主人。
你只是改变了——
自己的存在方式,
站在了——
人生的又一个起点上。

这个起点，
既不同于——
你当初戴上硕士、博士的桂冠，
也不同于——
你往日登上局长、部长的宝座，
但却更是风光无限，
只是你需要去发现。

你虽然失去了荣耀，
但却拥有了优雅；
你可以如同一株幽兰，
静静地生长，
默默地开放。

你虽然失去了权力，
但却拥有了自由；
你可以如同一只小鸟，
飞过树梢，
飞向蓝天。

你虽然失去了权力与荣耀，
但你并没有失去智慧。
如果你的身体还好，
又是个想做事的人，

此时完全可以再展宏图。

人生只做三件事——
一是做老百姓需要做的事，
二是做别人没有做过的事，
三是做自己喜欢做的事。
现在，
你有一万个理由——
放手去做自己想做的事。
如果你做得还比较好，
那你的生命——
就必定会绽放出新的异彩。

别把"潜能"当"余热"

过去，常把老年人的作用称之为"余热"；
现在，"余热"一说已被"潜能"所取代。
这是对老年人生认识的深化，
也是对老年人力资源的看重。
值得庆贺！

闭目想想，
老年人在经验和智慧的成熟性方面，
年轻人能比得了吗？
老年人大半生练就了的心理调适机制，
年轻人能比得了吗？
老年人所具有的承前启后作用，
年轻人能取代得了吗？

放眼看看，多少老年人，
直到晚年还在散发着耀眼的光芒。
爱迪生，获得第1031项发明专利时是81岁；
歌德，完成文学巨著《浮士德》时是82岁；
诺贝尔奖得主中，

有相当一部分人在 75 岁以上。
人的潜能有多大，
谁也无法用一条曲线准确表达；
老年人力资源的价值有多高，
即使用超级计算机也无法准确测算。
作为老年人，
千万不要因为年迈而小看自己；
作为社会，
务必要把银发人才当作宝贵财富。

如果你只是 60 岁，那你还年轻；
即使 70 岁，也绝不要自叹老矣。
今天的你，
要比几十年前的老人幸运得多；
今天的你，
依然风光无限。
今天的你还能做些什么，
关键在于你自己。

安于人生边缘处

人退休后,
往往会生出许多的坏感觉——
被冷落了,被闲置了,被遗忘了,
甚至会觉得自己被抛弃了。
在这么多的坏感觉中,
还能有多少快乐可言?

此时,你应当这样想——
你曾经拥有的,原本就是别人给予的;
你现在失去的,原本就不是属于你自己的。

你还应当这样想——
十五的月亮是圆的,但到初三它就是弯的;
月亮都有圆有缺,何况是人呢?

你更应当这样想——
能够主宰自己命运的,
既不是上帝,也不是别人,
而是你自己。

许多事情换个角度看，
其结果就大不一样。
倘若你能——
把冷落视为一种宁静，
把闲置视为一种优雅，
把遗忘视为一种解脱，
哪里还会有被抛弃的感觉呢？

其实，你遇到的事情，
别人也会遇到，
只是早晚不同。
太阳当头照，
只是一阵子；
人生的辉煌，
也只存在于瞬间。
无论什么事，
谁都不能追求永远。
要相信世界上的事，
只有"不一定"是"一定的"，
而"一定的"往往是"不一定的"。

你退休后，
工作上的压力没有了，
官场上的是非没有了，
有的是一身轻松。

今天吃什么，

明天做什么，

后天玩什么，

完全由你说了算。

要相信，山涧的小溪，

虽然偏僻一些，

但它远比闹市中的流水清澈透亮；

人在边缘处，

虽然孤寂一些，

但它远比红尘中的争抢舒坦快乐。

平凡的日子最美丽

退休——
是一种需要,
是一种必然,
同时也是一种得到。

上班时整天忙忙碌碌,
老想着上个台阶;
如今倒觉得,
做个平常人最自在,
你的心比过去清静了许多。

刚退休时,
你眼前一片茫然,
今后的日子怎么过?
如今却感到,
平凡的日子最美丽,
你的心比过去敞亮了许多。

再往细想,

以前发个脾气,
十头牛都拉不回来;
如今生个气,
转眼就觉得全无必要。
以前遇到麻烦,
整夜睡不着觉;
如今一转身,
眼前又是一片光明。
以前看重名利,
总觉得对自己不公;
如今全看淡了,
那都是些身外之物。
以前你揣着糊涂装明白,
现在你揣着明白装糊涂。

现在的你,
比过去更成熟了,
比过去更智慧了,
比过去更完美了。
如此想来,
你活到今天,
还不值得再骄傲一次吗?
倘若你真能感到骄傲,
这本身不就是一种快乐与得到吗?

最美不过平常心

这美那美,
不如心里美;
这心那心,
最美不过平常心。
常言道,
有钱难买老来瘦;
其实,
最难买的还是平常心。

平常,
乃人之生活的底色,
它像生活中的萝卜土豆,
虽然并不昂贵,
但却不可缺少。
平常心,
乃人之心理的基石,
但它如同实验室里的天平,
稍有不慎,
就会导致失衡。

看看你的周围，

一些人为什么总是乐不起来，

是因为缺吃少穿吗？

不是！

是因为儿女不孝吗？

也不是！

问题就出在哪？

还缺少一颗平常心。

过去身居高位、手中有权，

可以吆五喝六，

可以自视高人一等，

现在都不行了，

但却放不下自己的身段。

由于这个"放不下"，

整个心绪都乱套了。

心乱了，还能有多少快乐？

无论谁，都应当这样去想——

在浩瀚的宇宙中，

人如同天上之繁星，

再平常不过了；

也如同地上之小草，

再普通不过了。

在人世间，
即使伟人、圣人，
其之始，其之终，
也均与常人完全一样。

平凡是一种美丽，
平凡也是一种深邃，
平凡更是一种境界。
人性的弱点在于——
往往来自平凡，
而又鄙视平凡；
往往本为平凡，
而却自命不凡。
这应该算作是——
人生中的一种悲哀。

记住一位老人的悟语吧——
高官不如高薪，
高薪不如高寿，
高寿不如高兴；
地位是暂时的，
荣誉是过去的，
唯有健康是自己的。

闲里偷忙不闹心

人在岗位时,
第一个感受常常是忙碌;
人在退休后,
第一个感觉往往是空虚。
如何将"空虚"变为"充实",
这是退休后谁也绕不开的一个问题。
事情是明摆着的——
你可以去运动,你可以去旅游,
你还可以去走亲戚、会朋友。
但你总不能时时如此、日日如此,
其余的时间该怎么打发呢?

人太闲了,就会变得空虚,
而空虚则容易闹心。
仅仅"空虚"还不要紧,
可怕的是,
时间久了,又生出失落感、郁闷感,
甚至会有被冷落、被闲置的感觉。
在这么多的坏感觉中,
哪里还有幸福与快乐可言呢?

换一种思路想一想吧,
如果你能——
闲里偷忙,老有所为,
竟做了许多过去连想都没想过的事,
那又会是一种什么样的情形?!

可以肯定,
你不会有打发时光的感觉,
反而会有珍惜时光的感受;
你不会有被闲置的感觉,
反而会有被需要的感受;
你不会因忙碌而感到闹心,
反而会因忙碌而感到充实。
此时,你或许才能真正感受到——
黄昏也是启航时,
老年亦是人生的黄金时期。

人退休后,最当注意的是——
不要整天把自己关在屋子里,
不要经常沉浸在对过去的回忆里,
不要总把自己的手脚捆绑起来。
而应当——
挺起胸膛唱着歌,
去实现自己新的梦想。

万事面前想得开

人在旅途，
该看透的一定要看透，
该放下的一定要放下。

朋友之间，
该聚则聚，该散则散；
夫妻之间，
该忍则忍，该让则让；
父子之间，
该高则高，该低则低；
住房面积，
该大则大，该小则小；
银行存款，
该多则多，该少则少；
遇到麻烦，
该急则急，该缓则缓；
受到委屈，
该喊则喊，该哑则哑；
遭受挫折，

该进则进，该退则退；
成功在即，
该喜则喜，该忧则忧；
往日之事，
该记则记，该忘则忘；
明日之事，
该念则念，该淡则淡；
利益面前，
该得则得，该舍则舍，
仕途路上，
该上则上，该下则下。

这么多的"该"，
说起来容易，
做起来就难了。
真正做到了，
就叫随遇而安，
就叫顺其自然，
就是佛家所说的"放下"。

"放下"二字说起来容易，
但要真正能做到就难了。
"放下"所以难，
就在于放不下自己；

所以放不下自己，

皆因欲望这个魔鬼在捣乱。

欲望是个坑，

人跳进去，

就很难爬出来。

有的人，

压根儿就没想爬出来；

有的人，

爬了半截又掉下去了；

也有的人，

好容易爬出来了，

却挡不住红尘的诱惑，

又犯糊涂了。

人到老年，

一定要扼住欲望这个魔鬼，

努力做到万事面前想得开。

放弃许多的"应该"

年过 40 岁,
人的焦虑多起来。
有的急着出名,
有的急着赚钱,
还有的急着升官。

迈进 50 岁,
心里又添乱,
儿女要结婚,
父母要养老,
全由自己一肩挑。

到了 60 岁,
自己也要"靠边站",
回想过去几十年,
仿佛只是吃了一顿饭,
味道还未嚼出来,
宴席已经散。
环顾人间世事,

真可谓太纷繁、太复杂了；
品味人生旅途，
真可谓太艰辛、太苦涩了。

然而，仔细想来，
这太多的纷繁、太多的复杂，
太多的艰辛、太多的苦涩，
并不只是缘于社会，
也并不只是缘于他人，
而更多的是缘于自己。
倘若你把这些——
都视为一种正常，
都视为一种应该，
哪里还会有那么多的烦恼！

所以，人要活得自在，
就必须同自己作战，
解开那些套在自己身上的绳索，
去掉那些不切实际的幻想，
放弃你心中的那些"应该"，
自己解放自己。

要相信，人生中的许多苦痛，
均缘于所谓的"应该"。

要记住，把"不应该"当作"应该"，

本身就是一种糊涂；

而把"应该"当作"不应该"，

才是一种聪明。

不把小事情看大

生活中的许多事情，
乍一看很大，
可多少年后再看，
其实很小。
这些小事让你悲伤过、叹息过，
但如今，
却成了很有意思的回忆。
今天，
你该明白了。
某件事情究竟是大，
还是小，
不在于事情本身，
也不在于——
事情与你的利益有多少关联，
而在于——
你自己的胸怀有多宽广。

世界上最广阔的不是海洋，
也不是天空，

而是人的胸怀。
你的胸怀有多大，
心中的世界才会有多大。
人要不为小事情困惑，
首要的是扩展自己的胸怀。

当生活中——
冒出一些不顺心小事，
你千万不要在意。
能处置的就快速处置，
不能马上处置的，
就放一放再说。
有些小事，
能一笑了之是最好的。

人到老年，
宁可把大事情看小，
也绝不要把小事情看大。
这绝不是糊涂，
而是一种生存艺术。

别把幸运当如常

年轻时,
要学会担当;
人老了,
要学会放下。
勇于担当,
是一种责任;
乐于放下,
是一种智慧。

人走了,
茶总是要凉的,
这太正常不过了;
离职了,
还想让别人毕恭毕敬,
这太不靠谱了。

无论谁,
能站在高峰上都只是暂时的;
无论谁,

最终都要回到平地上。
人能站在高峰上，
只是一种幸运；
人回到平地上，
则是一种必然。

活明白点吧，
千万——
别把幸运当作一种如常；
千万——
别把必然当作一种悲哀。

人进入老年，
是最当彻悟的时候。
你该看淡一切——
看淡名利，
看淡得失，
看淡一切身外之物。
你该看重的，
唯有一样东西——
那就是生命。

不要与自己较劲

人生如同打仗,
也要有进有退。
退是为了进,
退一步,
或许就能进两步。

人遇到不顺心之事,
千万不要与自己较劲。
努力化解麻烦是必要的,
但有些事明明已无法挽回,
你又何苦纠缠下去呢?
这时候,
你应当学会退一步想。
很多所谓的麻烦,
你不把它当回事,
它也就对你无可奈何;
你去纠缠它,
反倒会伤害自己。

人不可只能拿得起，
而不能放得下；
适时地放开自己，
就等于解放自己。
人永远要做自己的主人，
而不能成为麻烦的奴隶。

人——
有时候，
要把自己当作自己；
有时候，
又应把自己当作别人；
把自己当作自己，
是一种自信；
把自己当作别人，
则是一种解脱。

怎样才能放下

现今学佛的人,
不在少数。
为什么要学佛呢?
为了修行。
为什么要修行呢?
为了修正自己。

一棵小树,
不管当初长得如何端正,
要让其成材,
必须为它修枝打杈。
人生如树,
不管你当初长得如何俊俏,
也会生出许多的枝枝杈杈。
而且,
剪掉一茬,
还会再长出一茬。
人需要修行,
如同树木生长需要修剪一样。

净心洁身是修行，
行善惩恶是修行，
扶贫济困是修行，
但修行最重要的是学会放下——
剪掉自己身上的那些枝枝杈杈。

人身上的枝杈，
千姿百态。
但都源于"得失"二字——
想得的得不到，
怕失的却失去。
然而，
无论想得到的，
还是怕失去的，
都是些身外之物。
所以，
佛告诉人们，
凡事都要看开点、看淡点、看远点。

有人会问，
佛在哪里？
其实，
佛既不在天上，

也不在地下，

佛就在你的心中。

佛即是心，

心即是佛，

连你自己也是佛。

还有人会问，

怎样才能"放下"，

其实，

佛也说了——

放下身外的东西，

先要放下自己。

放下自己的秘诀是——

既要把我看成别人，

也要把别人看成是我。

人是我，我是人，

人我无分别，人我为一体。

得与失都是一种无常

人生是个大世界，
但得失却存在于方寸之中。
一个"得"字，常让人喜出望外，
一个"失"字，常把人搞得痛苦不已，
这是人生的一种不幸。

其实，得与失，
原本就是既相克又相依的。
你看，大地奉献了泥土和水分，
草木才奉献了鲜花和果实；
农民付出了汗水，
土地才报以丰收。
树梢翩翩起舞，
难道不是风的给予吗？
鱼儿活蹦乱跳，
难道不是水的给予吗？

道理是很清楚的——
人要想得到些什么，

就必须准备失去些什么。
在很多情况下,
得到——是另一种意义上的失去,
失去——则是另一种意义上的得到。

得到的越多,
失去的也可能越多;
失去的越多,
得到的也可能越多。
人的一生,
就是在得失中度过的——
今天得到这个,
明天又失去那个;
今天失去这个,
明天又得到那个。
得到,是一种无常,
失去,也是一种无常。

人应当记住的是,
既不要因得到而满足,
也不要因失去而惋惜。
因得而失,因失而得;
或得而复失,失而复得;
都是常有的,也是正常的。

靠谁不如靠自己

人的一生，
由两部分构成——
一部分是幸福，
一部分是痛苦。
快乐的人生，
幸福多于痛苦；
烦恼的人生，
痛苦多于幸福。
衣食无忧，是一种幸福；
儿女孝敬，是一种幸福；
自己乐观向上，更是一种幸福。
幸福的少一半，
是别人给予的；
幸福的多一半，
是自己酿造的。

你要拥有更多的幸福，
首先要把眼睛盯在自己身上。
儿女是希望，

老伴是靠山，
但唯有你自己，
才是幸福的主人。

要用哲学的眼光思考幸福，
无论儿女还是老伴，
都是外因，
都是矛盾的次要方面；
唯有你自己，
才是内因，
才是矛盾的主要方面。
民间有言，
谁有不如自有，
自有不如怀揣。
人到老年，
特别应当记住的是——
靠谁不如靠自己，
千万不要把全部希望都寄托在别人身上。

一定要守住自信

有的人，因退休离职而痛苦；
有的人，因步入老年而恐慌；
这都是对自我的一种扭曲。
退休离职不可怕，
步入老年不可怕，
可怕的是缺少自信。

自信——是走向成功的第一个秘诀，
青年人如此，老年人也如此。
老年人与青年人的——
期望虽然有所不同，
但其内在的逻辑是相通的，
谁缺少自信，
谁就会在人生的路上丢分。

人到老年，应当这样去想——
你虽然已年过花甲，
但也拥有自己的钻石宝藏，
值得花一番功夫去挖掘，

千万不要说不可能。

你虽然已远离花季,
但同样有盛开的理由,
只要有一颗轻松的心,
幸福就会像花儿一样。

你虽然也会遇到麻烦,
但这并不重要,
只要转身面向阳光,
阴影就会躲在你的身后。

人步入老年,
首先活得是自己;
但你要活出个样来,
就绝不可少了自信。
老伴可信,
儿女可信,
朋友可信,
但信天信地,
不如信自己。

自信者强,自信者乐;
信自己,胜过信神仙。
人老了,一定要守住自信。

不要自己打败自己

人生在世,
谁都想有个幸福的晚年——
多一些健康,
多一些快乐。
然而——
这并不是件容易的事情。
难在哪里?
就难在自己。

且不说孤寡老人,
且不说身患疾病的老人,
也不说生活困难的老人,
即使你——
儿女双全,身强体壮;
即使你——
生活无忧,朋友众多,
也不可能事事如意。
事不遂我,
我不遂事,

这是人生的常态。

人生的幸运——
在于自己战胜自己；
人生的不幸——
在于自己打败自己。
人在不幸的时候，
常把困难视为自己的敌人，
其实——
在不少情况下，
敌人往往就是你自己。

人到老年，
是最当彻悟的时候。
你的容颜可以变得丑陋，
但心灵应当变得美丽；
心灵美了，
烦恼也就少了。
试想，
生活中的很多事情，
你不把它当回事，
它又能奈你几何？！

天亮从自家的窗户开始

一个人能活多少岁,
谁也说不清。
50 岁是一生,
60 岁是一生,
70 岁是一生,
90 岁是一生,
100 岁也是一生。

不要太在意自己的年龄,
它只是个符号,
它只是个数字。
忘记年龄,
面向明天,
你就会觉得年轻。

忘记年龄是一种深邃,
面向明天是一种高远。
忘记年龄的最好办法是——
找回童心,

面向明天的最佳途径是——
拥抱希望。
只要精神不老,
你就依然年轻。

东方红,
太阳升,
但——
天亮是从自家的窗户开始的,
只要你的心窗洒满阳光,
那你的每一天——
就都会像盛开的花儿一样。

第二篇

　　幸福是生命的需要,但幸福没有统一的标准。幸福首先是一种感受,幸福的真谛在于心情舒畅。

幸福没有统一的标准

人从懂事起,
就开始追求幸福。
但若要问,
什么是幸福?
不同的人会有不同的回答。
这并不奇怪,
因为——
幸福从来就没有统一的标准。

在乞丐看来,
只要有饭吃,
就很幸福了;
但就连拥有万贯家产的富豪,
却也不觉得幸福。
在常人看来,
那些当官的人,
一定都是很幸福的;
但就连古时候的一些皇帝,
却也不觉得幸福。

这是为什么呢？
因为无论财富还是权力，
虽然能满足人的某种需要，
但它们都不是生命的本真。
这正如雨后的彩虹，
虽然看去也十分美丽，
但却只是一种虚空而已。

无论财富还是权力，
都不是幸福的象征。
幸福是个圣物——
它是一种感受，
它是一种境界，
但它更是生命的一种需要。

凡是生命需要的，
就一定是好的；
能够满足生命的某种需要，
就意味着拥有了某种幸福。
相反，
凡是生命忌恨的，
就一定是坏的；
谁亵渎了生命的某种需要，

谁就等于失去了某种幸福。

有的人，
一生都在追求幸福，
但却从来没有感受到幸福。
原因就在于，
他们的追求背离了生命的需要，
以致——
虽然付出了许多，
但得到的幸福却很少。

也有的人，
是身在福中不知福，
有房有车有存款，
但还想着——
存更多的钱，
住更大的房子，
开更好的车。
实现不了，
就感到不舒服。
这种人的幸福，
是被自己赶跑的。
幸福所以跑了，
是因为这样的追求，

已经超越了生命的需要。

如果把人生比作一条小溪，
生命是源头，
幸福只是流水；
人要追求幸福，
首先要尊重生命。

千年前僧人便有偈语——
春有百花秋有月，
夏有凉风冬有雪，
若无闲事挂心头，
便是人间好时节。
这短短四句话，
不正是对人生幸福的极好诠释吗？

幸福的真谛在于心情舒畅

吃的好、穿的好,
就一定幸福吗？不是！
住大房、坐好车,
就一定幸福吗？也不是！
手中有钱花、银行有存款,
就一定幸福吗？也不是！

幸福的真谛在于心情舒畅,
在于自我的心灵感受。
年轻是一种感受,
快乐是一种感受,
幸福也是一种感受。

生活中常有这样的现象,
在外人看来,
有的人生活得已经很幸福了,
但他自己却不这样以为。
反之亦然。
在旁观者看去,
有的人生活得并不幸福,

但其本人却觉得并非如此。
原因何在？就在于各自的感受不同。

感受是一种智慧，
感受是一种精神，
感受是一种境界，
感受也是一种艺术。

会感受的人，
即使清贫也会觉得幸福；
不会感受的人，
即使非常富有，也会远离幸福。

生活告诫我们，
既不要由于忽视感受而亵渎了幸福，
也不要由于不会感受而误解了幸福，
更不要由于错误的感受而毁掉了幸福。
你要拥有幸福，你就应当学会感受。

你是否幸福，你有多少幸福，
既不能用尺子去量，也不能用天平去称，
只能靠自己去感受。
对一个人来说，
只要心中有爱就是富有的；
对一个家庭来说，
只要大家彼此关爱就是幸福的。

错误的比较很害人

一些人烦恼多多,
并非由于生活不够幸福,
毛病往往出在错误的比较上。

比什么呢?比地位,比钱财。
与谁比呢?与强者比。
一比,
总感到自己拥有的太少,
总觉得自己不如别人。
如此比较,
还能有多少幸福和快乐呢?

人的一生如何,谁也无法预知;
人在一生中能拥有些什么,
连圣贤也并不清楚。
如意中有不如意,
不如意中有如意;
期望万事如意,
只会自寻烦恼。

人应当学会比较，
不要总与少数强者比，
而要乐于与弱者比。
与强者比，往往会比出烦恼；
与弱者比，才能比出快乐。
想一想吧，
甘做个快乐的弱者有什么不好呢？

人到老年，尤其要学会比较。
不要与今天的富豪比，
不要与还在位的高官比，
也不要与自己年轻时候比，
更不要与自己往日的风光比。
那样去比，
只能比出忧伤，比出痛苦。

老年人也可以比。
与谁比呢？与同龄人比。
比什么呢？比健康，比快乐。
如果——
你比别人活得更健康更快乐，
那你一定会有个幸福的晚年。

唯有文明才代表贵

人的年龄不同,
活法也应有所不同。
年轻人要活得勤一些,
中年人要活得实一些,
老年人则应当活得贵一些。

何为贵?
权力不代表贵,
钱财也不代表贵,
唯有文明才代表贵。

文明不只是个概念,
文明也不只是个口号,
文明是一种境界。
文明——
既是人之内心世界发出的光亮,
也是人之美好言行的一种展示。

年轻人为你让座,

你当说声谢谢；

小朋友喊你声爷爷，

你也当说声谢谢。

别人尊重你，你也当尊重别人。

尊重别人，就是一种文明。

曾经的下级，

如今已不再那么敬你，

你应将其视为正常；

往日的朋友，

如今已不再那么热情，

你也应视其为正常，

豁达与大度也是一种文明。

不要把烦恼挂在嘴上，

也不要把遗憾放在心上，

更不要把怨气撒在别人身上。

超然物外，随遇而安，

更是一种文明。

人到老年，有句话是要记住的——

既不要因老怕老，也不要倚老卖老。

因为，因老怕老会损伤自己，

而倚老卖老则会失去自己。

心清心静福才多

德厚者福多,
福多者德厚。
在佛家的词典里,
福德永远是一家。

得福先要修身,
修身先要修德;
修德先要养心,
养心先要静心。

心静如水,
方能日光明照;
心乱如麻,
必定如人入暗。

万念存于心,
万事连于心,
万物藏于心,
万福源于心。

人心贵在一个"清"字。

心不清，

则心不静；

心不静，

则神不凝；

神不凝，

则气不顺；

气不顺，

则浑身病。

这清那清，

不如心清；

这静那静，

不如心静；

心清心静，

才能德厚福多。

平平安安才是福

有的人追求富,有的人追求贵;
以为富了贵了,幸福就多了。
殊不知,
在人的一生中,
还有比富与贵更重要的东西,
那就是平安。

有的人是富了,但却因富而穷。
理想没有了,信念没有了;
除了钱,别的什么都没有了。
一个人连精神都没有了,
还不是个地道的穷人!

有的人是贵了,但却因贵而贱。
一朝权在手,便把利来谋。
由于贪的太多,
竟连自由也没有了,
这样的人,
即使蹲在高档监狱里,

也只能算作个贱人。

自古以来，
就有迷钱的，也有迷权的，
但都没有得好。
有的倒在了钱上，有的倒在了权上。
人都倒了，
还有什么幸福可言？

幸福——
归根到底是一种心理上的满足。
直到如今，
幸福感最强的，
依然是那些纯朴善良的农民。

农民的幸福感强在哪里？
自然不是强在富上，
也不是强在贵上，
而是强在"平安"二字上。
他们的心是平的，他们的神是安的；
日出而作，乐在田间地头；
日落而息，能睡个安稳觉。
正因如此，
农村的长寿老人，

往往要多于城市。

小到一个家,大到一个国,
平安都是最重要的。
家不平安,人丁不会兴旺;
国不平安,百姓就会遭殃。

北京城里有很多的"门",
但最耀眼的门都有个"安"字。
你看,
有天安门,还有地安门;
有左安门,也有右安门。
天安地安,左安右安,
北京城还能不安吗?
北京城安了,
我华夏大地能不安吗?

无论谁,
都应当坚信——
平安不仅是福,
而且是大福。

生命并不祈求圆满

有太阳,就会有阴影;
有人生,就会有短缺,
生命并不祈求圆满。

阴影光临,
你就看看天上的太阳;
短缺驾到,
你就看看天下的穷人。
阴影与短缺,
总会与你如影随行,
这是生命的常态。

面对阴影,
千万不要闹心,
豁达才是一种聪明。
面对短缺,
千万不要苛求,
大度才是一种智慧。
无论什么样的阴影与短缺,

都只是一个过客。

要记住:
这大那大,
都不如自己的心大;
这好那好,
都不如自己的家好;
苛求自己,
不如放开自己;
羡慕别人,
不如欣赏自己。

不要再有那么多的奢望,
你快乐,就该满足;
不要再有那么多的遗憾,
你快乐,就什么也不缺。
这些都是生命的忠告。

生命看重的是厚度

有人生,就有追求;

有追求,才有美好;

追求美好,

是人的天性。

美好是一种向往。

年轻时,

你一定追求过爱情;

后来,你或许还追求过权力,

追求过金钱,

这均属正常。

而今,你老了,

人生的大幕即将落下,

你该想想了,

你的美好是什么?

你应追求的是什么?

生命有其长度,

也有其厚度。
生命的长度虽然难以预测，
但它必定有限；
而生命的厚度则不同，
它像地下无尽的宝藏一样，
永远值得你去发现和挖掘。

人到老年，
应当用全部的努力去——
快乐自己，
丰厚自己，
燃烧自己。
快乐自己——
亦愉悦别人。
丰厚自己——
亦强壮别人。
燃烧自己——
还可以照亮别人。

人活一世，
最当看重的是境界。
昔日的你，
可能追求的是自我；
今日的你，

追求的应当是无我。

倘若你——
真的步入了无我的大境界,
那你生命的厚度,
必然会得以提升;
随之而来,
你生命的长度,
也必定会得以延伸。

人有两种生命

小时候，
刚过中秋就盼着过年，
而今白发丛生，
却害怕过年。
昔日总是喜欢展望未来，
而现在却乐于回忆过去。
岁月在延续，
而生命在缩短。
你看——
青山依旧在，
鲜花照样开，
而人却要离去。
如此想，
确有几分凄凉。

但换一种思路想，
情形就不大一样了。
你能来到这个世界，
本身就是一种幸运。

在这个世界上，
你领略了美丽的山川风光，
享受了人间的天伦之乐；
你以自己的辛劳，
回报了前人的恩典；
还正在以新的努力，
为后人做出殷实的铺垫。
如此想，
你的心里不就会生出——
一种自豪之情吗？

还应当这样想：
人除了有——
肌体这个物质生命，
还有——
思想、品德和才智这个精神生命；
物质生命可以离去，
但精神生命却能永驻人间。
如果你能留下美德、美心、美名，
你就会永远活着。
如此想，
即使高龄者，
眼前不也是——
一片值得欣赏的美景吗？

生命的三种空间

人的生命,
也是一种存在。
但人之生命的存在,
不同于一般的物质,
也不同于一般的动物。
人的生命,
既有时间空间,
也有地域空间,
还有精神空间。

所有的生命,
均存在于一定的时空之中,
这方面,
人与动物并无多少区别。
所有的生命,
也均存在于一定的地域之中,
这方面,
人与动物也无多少区别。
人与动物的最大区别在于——

人有思想,

人有精神,

这是一种看似虚无缥缈,

但却无时不在的重要空间。

人的精神空间有多大,

谁也无法精确测算;

人的精神空间有多么重要,

无论怎么估计都不会过高。

精神不是万能的,

但它却影响着人的一生。

龟虽寿,

也有终。

人虽死,

但精神却可以永存。

几千年前的孔夫子,

几千年前的释迦牟尼,

发现共产主义幽灵的马克思,

将马克思主义中国化的毛泽东,

至今虽死犹生。

他们身上折射出的——

不正是生命的巨大精神空间吗?

人到老年,
一定要活出境界来。
你虽然不能驾驭自己的年龄,
但却可以掌控自己的精神;
你的时间空间虽然是有限的,
但精神空间却是无限的。
如果你掌控得好,
还极有可能——
使你的生命周期大大地得以延伸呢!

生命的天性是大爱

世界上最珍贵的东西,
不是别的什么,
而是富有真情的爱。
因为有爱,
人生才有那么多美好;
因为有爱,
生活才变得如此美丽;
因为有爱,
世间的故事才让人感动。

父母呵护儿女,是一种爱;
儿女孝敬父母,是一种爱;
虎毒不伤子,是一种爱;
葵花向阳,也是一种爱。
人有爱,
动物有爱,
植物有爱,
爱是生命的天性。

爱是什么？

爱是一种情感，

爱是一种美德，

爱是一种境界，

爱是一种奉献，

爱是一种责任，

爱是心灵的共鸣，

爱是胸怀的扩展。

爱有真假之分。

真爱——源于内心；

假爱——源于利益。

爱也有大小之别。

大爱——爱的是天下，

小爱——爱的是自己。

人生的喜剧，皆因爱而诞生；

人生的悲剧，皆由恨而酿成。

人应当记住的是——

你可以有自己的爱，

但你不能只爱自己。

同时应当注意的是——

如果你连自己都不爱，

还能爱别人吗？

生命也需要觉悟

有人说，
退了休，回头看，
漫漫人生才过半；
也有人说，
退了休，上了岸，
人生旅途又一站；
还有人说，
退了休，向前看，
一路灯火仍灿烂。
这是对生命的赞美，
这是对生命的希冀，
这更是对生命的觉悟。

生命是个圣物，
但生命也需要觉悟。
可悲的是，
人皆有生命，
但却并非——
人人都能觉悟生命。
可喜的是，

生活已反复告诫我们——
你应当怎样去觉悟生命。

生命不会忘记过去,
生命也不会怨恨过去,
但生命不会只记着过去。
生命珍惜当下,
生命珍惜当下的每一天,
但生命更期盼的是明天。
生命并不虚妄,
生命也需要财富,
但生命更崇尚的是精神。

请记住吧:
快乐的晚年,
属于有美丽生命的人;
美丽的生命,
属于精神不老的人;
精神不老,
属于能够觉悟生命的人。
请记住吧:
财富——
有时也会成为生命的累赘,
而唯有精神——
才是生命的永恒。

谁也不要怪怨生命

人生难，
难在哪里？
不是难在路上，
也不是难在事上，
而是难在心上。

大路走不了，
可以走小路；
此路走不通，
可以走别的路。
你乐意吗？

大事做不了，
可以做些小事；
此事不好做，
可以做别的事。
你乐意吗？

与你分秒不离的，

永远是你自己的那颗心。
这颗心——
连着你的一切，
左右着你的一切。
人生之难就在于，
有太多的东西侵扰着自己的这颗心。

得与失，会让你扰心；
名与利，会让你动心；
直与曲，会让你闹心；
进与退，会让你忧心；
大与小，会让你累心；
能否抵挡住这诸多的侵扰，
都在于你的这颗心。

人生路上，
有太多的美景，
也有太多的沟壑；
你不能只想着欣赏美景，
而不想着穿越沟壑。
人在做事中，
有太多的机会，
也有太多的险阻；
你不能只想着胜利，

而不想着失败。
这想着与不想着，
也都在于你的这颗心。

无论在路上，
还是在做事，
多与少，
会让人烦心；
上与下，
会让人揪心。
你的心被这么多的东西缠住了，
能不感到难吗？

多少人说，
活得很累。
累在哪里？
就累在心上。

人的心，
原本是清亮的，
只是由于人性的扭曲，
才使其蒙上那么多的阴影。
这不能怪怨生命，
也不能怪怨生活，
只能怪怨自己。

亲情是人的精神血液

人到老年，
尤其需要亲情，
亲情是人的精神血液。
而在各种亲情中，
最重要的——
又莫过于儿女之情。

夫妻之情是重要的，
但它不能代替儿女之情；
朋友之情是不可或缺的，
但它也不能代替儿女之情；
兄弟姐妹之情，
虽然拥有同一血缘，
但也不能代替儿女之情。

儿女之情所以如此特别，
这不仅源于血缘，
还源于养育。
你是父母精血之结晶，

你是父母用汗水浇灌出来的禾苗，
你是父母用心血哺育出来的花朵，
你是父母希望中的希望。

人皆为儿女，
也皆为父母。
但不为人父母，
就很难理解父母。
在人生繁衍的长河中，
儿女总是父母的亏欠者；
一代欠一代，
代代相欠。
无论谁，
都应当及早明白这一点；
明白的越早，
你的遗憾就会越少。

友谊是一种精神营养

人都需要友谊,
但相比之下,
老年人比青年人更需要友谊。
老年人需要友谊,
犹如青年人需要爱情一样。

你或许也有这样的感受——
当你因孤独而感到烦闷时,
朋友的一个电话,
就能使你的心情舒坦起来;
朋友的一次看望,
还能使你兴奋好大一阵子。

你或许还有这样的感受——
当你因某件事而感到痛苦时,
向朋友倾诉一番,
你的心情会比原来好得多;
如果你的朋友还是个善于疏导的人,
他的劝导与安慰,

往往会起到神奇的作用。

这就是朋友的价值,
这就是友谊的魅力,
友谊——
也是人生不可或缺的一种精神营养。

人不同于动物,
人要活得健康快乐,
单靠物质营养是不够的。
特别是人到老年,
比物质营养更加珍贵的是——
要有丰富的精神营养。

人的精神营养来自三个方面——
一是靠自己,
通过读书学习、感悟生命,
提升自我的精神境界;
二是靠亲情,
以夫妻之情、儿女之情,
充实自己的情感世界;
另一个就是靠友情,
以朋友之间的情谊,
丰富自己的精神世界。

思考友谊，

重要的是学会如何保持友谊。

你不妨这样去做——

如果你有 10 个朋友，

你可以每两天给其中一个朋友打打电话，

每两周与其中的几个朋友见一次面，

哪怕只是在茶馆里坐一个小时聊聊天。

如果你的某个朋友心情不好，

你可以登门拜访；

倘若行动不便，

也可以发个微信，

偶尔还可以赠送一件小礼物。

如果你的朋友很富有同情心，

当你遇到麻烦时，

可以放心地向他倾诉。

你不要期望他能为你做些什么，

他能听完你的诉说，

这本身就是对你的一种安慰。

如果你因某件事需要与朋友沟通时，

无论对方怎样提出问题，

你都要以诚恳的眼神注视着他；
学会以微笑接受提问，
以善意应对提问。
在朋友之间，
很多问题并不需要有真正的答案，
保持友谊，
有时只需要互相宽容一点点。

末了，要记住，
不管你采用什么方式，
若想保持友谊，
最重要的是四个字——
"付出真心"。

朋友也是你生命里的亲人

有些话，
你不能对儿女讲；
有些话，
你也不便对老伴讲，
但却可以对朋友讲。

把话窝在肚子里，
是一种憋屈；
把话讲给朋友，
是一种倾吐，
倾吐也是一种特别的享受。

朋友是知己，
朋友是财富，
朋友是第二个我。
朋友虽然是外人，
但也是你生命里的亲人。

交友贵在交心，

不交其心，
就不交其人；
得人贵在得心，
不得其心，
就不得其人。

需要记住的是——
交朋友贵在坦诚，
一句谎话，
就会失去一个朋友，
而一次欺骗，
则会吓跑一群朋友。

需要注意的是——
有三种人不可交：
一种是嫉妒心强的人，
一种是私心重的人，
另一种是野心大的人。
因为——
嫉妒心会贬低朋友，
私心会抛弃朋友，
而野心则可能出卖朋友。

分享也是一种快乐

快乐需要分享,
分享也是一种快乐。
能够分享别人的快乐,
是一种幸福;
能够让别人分享自己的快乐,
则是一种美德。
倘若你——
既能分享别人的快乐,
又能让别人分享自己的快乐,
那你就会拥有加倍的快乐。
这不是逻辑的推理,
而是生活的忠告。

一个人来到世界上,
不管你的能力有多大,
也不管你付出的辛劳有多少,
你所拥有的美好,
都不能全都记在自己的账上。
因为——

你的得到，
或许就源于他人的失去；
你的快乐，
或许正是别人给予的光亮。
所以——
一个人的快乐，
应当让大家去分享。

分享是人生不可缺少的挚友。
如果把快乐比做生日蛋糕，
分享就是对你生日的祝贺；
如果把快乐比作一篇美文，
分享就是对你美文的欣赏；
如果把快乐比作东升的朝阳，
分享就是对你明天的渴望。
无论谁，都应当——
将分享也视为一种养育快乐的土壤。

人应当乐于分享，
只是要记住——
让别人分享你的快乐，
这绝不是一种施舍；
你去分享别人的快乐，
这绝不是一种低下。

所有的分享,
均应当视为生命的需要。

人应当学会分享,
只是要记住——
分享崇尚大度,
分享忌恨狭隘;
乐于分享是一种境界,
善于分享则是一种智慧。

乐在其中就年轻

60 不算老，70 不算老，
即使 80 了，
只要能走能动，
也不算老。
但人终究是要老的，
时不待我，
我当惜时；
趁着还未老，
赶快再年轻一回吧！

唱起来，舞起来，
不求歌声多么好听，
不求舞姿多么好看，
乐在其中，
就是一种年轻。

打电话，发微信，
聊聊家常事，
叙叙朋友情，

心境敞亮，
就是一种年轻。

走出去，巧安排，
看看青山绿水，
尝尝乡间美味，
心情舒畅，
就是一种年轻。

戏孙子，逗老伴，
喜笑不生气，
生气不怄气，
心中有爱，
就是一种年轻。

心大点，想开点，
有钱舍得花，
有物舍得用，
心身自在，
就是一种年轻。

年轻不年轻，
首先不要看年龄。
用年龄捆绑自己，

那是天大的愚蠢。
年龄只是个符号，
心未老你就没有老。

人美——
首先美在心上，
人乐——
首先乐在心上，
人寿——
首先寿在心上。
若想再年轻一回，
首先要让自己的心年轻起来。

第 三 篇

生活原本是一种平淡。人生的悲苦在于有太多的欲望，以致使自己由生活的主人变为生活的累赘。

生活原本是一种平淡

人到老年，
有一点务需明白——
生活原本就是一种平淡，
而不是富贵。

年轻时，你钱少，
抽不起好烟，
喝不起好酒，
吃不起大鱼大肉。
现在，你钱多了，
却想着戒烟，
却想着戒酒，
却想着告别大鱼大肉。

过去，你以为，
财大气粗就是富，
位高权重就是贵。
现在，你的想法改变了，
反倒觉得，

健康快乐才是富,
学高德厚才是贵。

平淡与富贵之间,
并不隔着一座万里长城。
人在平淡时,想着追求富贵;
人在富贵时,又想着回归平淡。
这是人性的使然,
也是生命的使然。

人生的悲苦往往在于——
想不该想的,
念不该念的,
比不该比的;
以致使自己由生活的主人,
变为生活的累赘。

生活应当像一缕清风,
能带给你一种惬意;
生活也应当像一池清水,
能倒影出你的身影;
生活更应该像山涧的小溪,
清澈透亮,缓缓地流淌,
如此——
你才能快乐地享受生活。

老有老的活法

回头看，
人生已过半，
有苦亦有甜，
有顺亦有难。

细思量，
人生都这样，
喜也一天，
愁也一天。

往远处看，
青山依旧，
灯火依旧，
而生命却在走向尽头。

往深处想，
人在自己的哭声中诞生，
人还要在别人的哭声中离去，
有谁会不是这样？

该看的看了,
该想的想了,
你该明白的是——
今后的日子应当怎么过。

人的前半生,
是在得到中度过的——
得到爱情,
得到金钱,
有的人还得到权力与地位。
而人的后半生,
则要在失去中度过,
开始只是失去工作,
后来又失去朋友,
再往后还可能失去健康。
如此想,
今后的日子确实有点不好过。

然而,
日子再难过,
你也必须过,
何况,
有些事情并不完全是这样。

你虽然会失去这个那个，
但你也拥有许多的这个那个。
你一身轻松，
已经没有任何工作上的压力，
拥有足够的生活空间与自由。
你一路走来，
已经把人间的一切看透了，
拥有足够的生存智慧与艺术。
你历经磨难，
已经把人生的悲苦都看淡了，
拥有足够的抗震能力与知识。
人老了，
应当有自己的活法。
不要活在别人的世界里，
也不要活在自己过去的世界里，
而要活在你今天的世界里。

你今天的世界有多大，
要看你的心有多大；
你的心有多大，
要看你心里的念想有多少。
心里装的东西越多，
你的世界就会越小；

心里装的东西越少，

你的世界就会越大。

倘若你真的能做到——

心静如水，

一切顺其自然，

那你的后半生，

就必定会拥有一个快乐的大世界。

做个内心富有的人

钱多不算富，
地多不算富，
房大不算富，
车好不算富。
这富那富，
都不如心富。

人的境界不同，
穷富的标准也不同。
但有一条是铁定的——
生命喜欢微笑，
生命崇尚善美，
生命追求快乐。
是穷是富，
皆要以生命的喜好为标准。

人性的罪恶在于，
在埋头追求财富的时候，
竟忘记了生活的初心，

亵渎了生命的本真。
以致——
在积下万贯家产的同时,
快乐却被驱赶得无影无踪。
何止没有了快乐,
有的还——
因此而毁掉了自己的一生。

人生的凄苦,
多源于内心的奢望。
由于念的东西太多,
有的心上落满了灰尘,
有的心上长满了杂草,
有的心上堆满了垃圾。
这脏东西多了,
干净的东西就少了——
信念没有了,
抱负没有了,
善心没有了,
有的连良心也没有了。
这样的人,
即使身上富得流油,
又会有几分幸福和快乐呢?

古人说，

天有三宝——日月星，

地有三宝——水火风，

人有三宝——精气神。

天上没有日月星，

世间将会一片黑暗；

地上没有水火风，

万物将会无法生存；

人如果没有了精气神，

那就算穷到底了。

国有国魂，

军有军魂，

人有灵魂。

人的精气神，

就是人的灵魂。

灵魂比财富重要，

灵魂与生命同在；

人活一世，

首先要做个内心富有的人。

用热情去拥抱生活

生活是美好的，
但它也会捉弄人——
你想多一些快乐，
但却经常被烦恼缠身；
有时眼看着快乐就要降临，
但转眼又消失得无影无踪。
这种情况，
青年人中有之，
中年人中有之，
老年人中也有之。

有的老人，
饭够吃，
房够住，
钱够花，
但总是乐不起来。
还有的人，
老伴呵护，
儿女孝敬，

朋友关爱，

也总是乐不起来。

原因何在？

问题有时出在心上——

想得太多了，

心结太多了；

有时也出在对待生活的态度上——

漠视生活，

敷衍生活。

人到老年，

更应当明白——

什么才是自己最重要的？

名利地位，

该全部忘记了；

过去的事情，

不要再想了；

儿女内孙外孙，

也用不着你操那么多心；

你该把全部注意力——

放在健康快乐上，

活好自己的每一天，

珍惜生活的每一天。

生活也是有灵性的，
你爱它，
它就拥抱你；
你应付它，
它就冷落你；
是好是坏，
全靠你自己。

生活需要创造，
生活也需要呵护；
创造生活要满怀激情，
呵护生活要充满爱心；
你怎样对待生活，
生活就怎样对待你。
不管你70岁还是80岁，
都要用热情去拥抱生活。

一定要做生活的主人

人到老年，
尤其要热爱生活，
千万不要应付生活，
更不要厌倦生活。
老年人的生活，
也应当是一幅美丽的画。

你已经生活了大半辈子，
你应当知道，
生活——总是喜欢热爱生活的人，
生活——往往捉弄应付生活的人，
生活——常常抛弃厌倦生活的人。

你或许也有这样的感受，
生活像个巫婆，
那张脸总是变化无常；
但无论其怎样变化，
无论其有多么繁复，
回过头看，

不也就那么一回事吗?

你或许还有这样的感受,
生活更像面镜子,
你对它笑,它就对你笑;
你对它哭,它也就对你哭。
是哭是笑,
全由你自己决定。

其实,
生活并不神秘,
它——
只是一种情,
只是一种爱。
你钟情于它;
它就钟情于你;
你钟爱于它,
它也就钟爱于你。

生活给我们的忠告是——
无论在什么情况下,
你都应当做生活的主人,
而绝不可沦为生活的奴隶。

千万别做三种人

人到老年，
头白了，
背驼了，
脸上的皱纹也多了。
昔日的辉煌，
昔日的荣耀，
都已经成为过去。
这是人生的必然，
这是历史的定律。

但这只是事情的一个方面，
你必须看到事情的另一面。
今日的你——
只是远离了红尘与闹市，
今日的你——
又拥有了孩时的自由与自在，
今日的你——
所剩时光虽然不是很多，
但也可以活出新的模样。

过去的你,
只能忙里偷闲;
今日的你,
尽可在闲中偷乐。

过去的你,
多半属于事业;
今日的你,
完全属于自己。

生活好比一幅图画,
你可以尽情地去描绘,
赤橙黄绿青蓝紫,
山美水美人更美。

生活也如同一座大厦,
你可以尽情地去设计,
梅兰秋菊样样有,
无忧无虑度春秋。

生活更像一片沃土,
你可以尽情地去耕耘,
春种秋收冬储藏,

天崩地裂不慌忙。

老年人只是要记住——
快乐也需要投入，
千万不要做守财之人；
生活期盼真实，
千万不要做虚妄之人；
生命喜欢热情，
千万不要做等死之人。

第三篇

过有品质的生活

有人生，
就有生活。
但生活不只是衣食住行，
也不只是吃喝玩乐，
人到老年，
应当过有品质的生活。

山不在高，
有仙则灵；
人不在富，
有神则贵；
生活不在奢，
有品质则美。

老有所教是品质，
老有所学是品质，
老有所为是品质，
老有所乐是品质。

夫妻相爱是品质，
儿女孝敬是品质，
家庭和睦是品质，
广交朋友是品质。

写好一个字是品质，
唱好一首歌是品质，
做出一道好菜是品质，
救助一个失学儿童也是品质。

生活的品质，
源于人的品格；
有品质的生活，
是人的高尚品格的舒展。
它崇尚大爱而卑视狭隘，
它崇尚友善而卑视邪恶，
它崇尚光明而卑视阴暗，
它崇尚真实而卑视虚妄，
它浸透的是对生活的热爱，
它袒露的是对生命的尊重。

人到老年，
看重的是尊严，
讲求的是优雅。

但你若要——

有尊严地活着，

优雅地老去，

就一定要过有品质的生活，

如此——

你才会有个幸福而又让人羡慕的晚年。

活出自己的精彩

少年时，
老师一次表扬，
你会觉得兴奋不已，
这是一种精彩。

青年时，
考上一个理想的大学，
你会当作喜从天降，
这也是一种精彩。

中年时，
多年的梦想得以实现，
你会感到自豪与骄傲，
这更是一种精彩。

人到老年，
也应当活出自己的精彩；
这精彩不是别的什么，
它首先是一种心理上的满足。

刚退休,
容易有失落感。
再往后,
还会生出其他一些坏感觉——
被冷落,被遗忘,
被闲置,被边缘化,
甚至会觉得自己被抛弃了。
所有这些坏感觉,
均源于心理上的欠缺。

人老了,
应当活在自己的世界里。
如果把这个世界比作一个圆,
你自己就是这个圆的圆心。
圆有半径,
圆有周长,
圆有面积,
但若要计算其半径、周长或是面积,
都离不开你这个圆心。
人只有到了老年,
自己才真正算得上是自己。
你有一万个理由为自己活着,
也有一万个理由活出自己的精彩。

人的感觉都在心上，
你不觉得失去什么，
就什么也没有失去。
你对生活充满热情，
就不会被冷落；
你有亲人和朋友惦记，
就不算被遗忘；
你能做自己想做的事，
就不算被闲置；
你没有把自己锁在屋子里，
就不算被边缘化；
你能做自己的主人，
就不算被抛弃。
你能做到这些，
就一定能活出自己的精彩。

精彩不是要再得到些什么。
夫妻相爱是一种精彩，
儿女孝敬是一种精彩，
知足知福是一种精彩，
健康快乐是一种精彩。
精彩是心灵的自由飞翔，
精彩是内心世界的一种美丽。

精简你的行囊

人生路上,
有的人走得轻松,
一路欢歌笑语;
但有的人走得很累,
一路都在喘息。
原因何在?这该怪谁?
只能怪自己。
怪你背上的行囊过于沉重。

其实,那偌大的行囊中,
有很多东西都是应当摒弃的。
诸如,
某件事本来很小,
但你却把它看得很大;
有些事情明明已无法挽回,
但你却苦苦揪住不放;
当年的委屈早已成为过去,
可你至今还耿耿于怀;
房子、车子已一应俱全,

可你还嫌存款太少。

人生前行，
原本就并不轻松；
你再背上这么沉重的行囊，
怎能不累不喘息呢？

人生苦短，
春不常在；
沉重的人生，
应当轻松地面对。

人活一世，
做事——以认真一些为好，
做人——以简单一些为好；
为人处事，
都以大度一些为好。

人到老年，
该看淡一切——
"不以物喜，不以己悲"。
如果你至今还活得并不愉快，
那就横下心来——
精简你的行囊！

遇事不钻牛角尖

人的一生会遇到哪些事，
谁也说不清。
在那么多的事当中，
哪些事是好事，
哪些事是坏事，
也没有人能说得清。
人不同，
事不同，
道也不同。
但无论遇到什么事，
你都不能钻牛角尖。

坏事不能钻，
越钻会陷得越深。
开始只是把脑袋伸进去，
再往后，
连整个身子都进去了。
牛角尖是个黑洞，
人掉进黑洞里还能得好？！

好事也不能钻,
见好事就往里钻,
想的是得更多的好,
但这好也是有度的。
钻得太深了,
就会过了头,
凡事过了头,
哪有不走向反面的?!

牛角尖所以不可钻,
是因为——
那里边的空间太小,
那里边的氧气太少,
那里边的光线太暗,
根本就不适合生命的存在。

生命喜欢宽广,
生命崇尚敞亮,
生命需要仰望,
生命赞美高尚。
为了生命的美好,
人应当有意识地放低自己。

凡事不必做尽，

留点余地为好；

得理不必逞强，

宽以待人为好；

有误不必责人，

扪心自问为好；

有祸不必怨人，

多些担当为好。

从根儿上说，

把自己放低了，

实际上是把自己的度量放大了。

人的度量大了，

也就不会钻牛角尖了。

遇事不钻牛角尖，

心也轻松，身也轻松。

人的心轻了，身轻了，

健康快乐不也就来了吗？

不要轻易耍脾气

古人早就有言，
气大容易伤身，
人老了，
绝不要轻易耍脾气。

人的脾气是从哪里来的？
肯定地说，不是从娘肚子里带来的。
刚出生的小孩会哭，
但不会耍脾气，
就是一个佐证。

耍脾气的人，
都仗着某种东西。
位高的人仗着势，
官当大了，
脾气也就渐长了。
富有的人仗着钱，
底气足了，
脾气也就大了。

穷人也有耍脾气的，
他们仗的是穷，
因为穷，他们不怕失去什么。
连七八岁的小孩子也耍脾气，
他们仗的是小，
因为小，大人得让着他们。

人所以会耍脾气，
多是因为遇到了不如意之事。
不如意就容易动性，
动性就容易生火，
生火就容易生气；
火往上升，气就往外散，
于是，脾气就来了；
而且是火气越大，
脾气也越大。

有谁听说过——
佛祖上火耍脾气的吗？
恐怕没有。
人之所以耍脾气，
往深里说，皆由于——
心性不净，心性不宁。
一个人的心里，

如果没有那么多所图，

不争、不抢、不贪，

哪里还会上火、生气、耍脾气呢？

人不但要学会不耍脾气，

而且应当学会如何面对脾气。

父母耍脾气，

以洗耳恭听为好；

妻子耍脾气，

以一笑了之为好；

领导耍脾气，

以置之不理为好；

朋友耍脾气，

以耐住性子为好；

小人耍脾气，

以视而不见为好。

面对脾气，

有一招是管用的——

无论你想对别人耍脾气，

还是别人想对你耍脾气，

心里都要反复念着四个字——

静下心来，

静下心来，

静下心来。

切忌长期生闷气

人常说，

人老有三怕——

一怕孤独，

二怕衰老，

三怕生病。

其实还有一怕，

却容易被人忽视，

那就是——

怕生气，

尤其是怕生怒气，

最可怕的是长期生闷气。

生气的感觉不好受，

心里憋闷，

却又无可奈何；

沉默寡言，

却又想入非非；

两眼发呆，

像丢了魂似的；

有时还会做恶梦，
甚至想怒吼一声。

人生在世，
没有不生气的。
小孩子生气，
喊叫一番就过去了；
年轻人生气，
一觉醒来也就忘掉了。
但老年人就不一样了，
由于体弱多病，
也由于心理承受能力相对脆弱，
一些本来就心情不好的人，
特别是那些心脏不太好的人，
一次怒气，
或是长期生闷气，
极有可能招来诸多的不幸。

无论谁，
要做到不生气是很难的。
但无论谁，
特别是老年人，
都要努力做到——
不生气，

少生气,
不生怒气,
尤其不要长期生闷气。

与儿女生气,
就当他们不懂事就是了;
与老伴生气,
低个头说句好话就是了;
与这个朋友生气,
向另一个朋友倾吐就是了;
与自己生气,
把自己当作别人就是了。

人在气头上,
把话说出去,
比藏在肚里好。
但不要说过头话,
话说过头了,
会气上加气。
更不要做鲁莽事,
一个鲁莽的行动,
或许会让你遗憾终生。

记住吧,

怒气如猛虎。

三国时期的周瑜，

是被诸葛亮气死的；

当今一些人的恶性病，

多是由于长期生闷气而酿成的。

记住吧，

有屁就放出来，

有气就撒出来，

千万不要闷在心里。

切忌大喜大悲

喜怒哀乐，
人皆有之，
哀乐喜怒，
乃人生中的常事。

人应当经常意识到——
喜中有忧，
忧中有喜。
当好事落在你身上，
要看到忧的影子；
当坏事降临时，
要看到喜的希望。

生活如同五味瓶，
酸甜苦辣都会有。
千万不要期望有喜无忧，
也不要担心有忧无喜，
在多数情况下，
喜忧都是结伴而行的。

人最应当警惕的是——
既不要让好事冲昏头脑，
也不要让坏事吓昏了头脑。
即使好事连连，
也要做到喜之有度；
即使坏事多多，
也要看到光明的一面。

老年人最需要注意的是——
做到悲喜有度，
切忌大喜大悲。
因为，
无论大喜或大悲，
都会扰乱人的心绪。
所以，
无论是悲还是喜，
你都不要太放在心上。
喜也看淡，
悲也看淡；
你把它看淡了，
你也就自在了。

烦心时常想两种人

人到老年，
都会面临生命的挑战；
要让有限的时光依然灿烂，
务必注重思想境界的修炼，
坦然面对生活中的一切不顺心之事。

人越到晚年，
越要活得明白一些——
视快乐为一种需要，
视平常为一种美丽，
视宁静为一种乐趣，
视遗憾为一种希望，
视失去为一种得到，
在万事面前都顺其自然。

遇到烦心事，
要常想两种人。
一种是身患绝症的人，
一种是等待火化的人。

这样去想,

你心中的苦闷就会一扫而光。

日有升落,

月有盈亏,

世事无常;

有不同的心境,

就会有不同的人生。

如果你的心底天天清澈透亮,

那你的快乐——

必定会很多很多。

土地有界限,

人生有境界。

人生境界,

乃人之内心世界;

人之内心世界,

乃人的思想境界;

无论对谁来说,

提升思想境界都是一辈子的大事。

最好的医生是自己

每个人有两个医生：
一个是医院的大夫，
另一个就是你自己。
大夫靠药物赶走疾病，
自己靠精神赢得健康。

人老了，
心理问题不一定就少了。
哪些事该想，
哪些事不该想，
该想的应该怎样想，
不该想的如何放下，
全靠你自己去把握。

许多身病均源于心病，
心病——
乃潜伏在人心里的细菌。
它是一种负能量，
潜伏的时间越久，

对人体的危害越大；
无病会变得有病，
小病会变为大病。
治身病要先治心病，
治心病必须靠自己，

治心病的药方也是有的，
那就是——
多一些从容，
多一些坦然，
多一些豁达，
多一些大度，
多一些正能量。
正能量越强，
负能量就会越弱，
有的病状甚至会自生自灭。
所以，一定要坚信——
最好的医生就是你自己。

把运动当作不老之药

人活一世，无论谁，
最终都要躺在病床上。
为了自己少痛苦，
为了儿女少麻烦，
老年人一定要重视运动，
努力做到少生病、晚生病、不生大病。

生命在于运动，
生命钟爱运动。
运动是人的加油站，
运动是人的充电宝，
运动是人的长寿丸。
如果说，世界上还有"不老之药"，
那就是运动。

不是只有打球、跑步才是运动，
快走是运动，
遛弯也是运动；
抬抬腿是运动，

展展腰也是运动；
敲敲背是运动，
绕绕手腕也是运动；
迈开两腿是躯体的运动，
思考问题是大脑的运动。

你的身体状况如何，
可能与基因有关，
但基因是不可改变的，
能够改变的只有自己。

如果你的身体欠佳，
千万不要怪怨生命；
生命并不脆弱，
脆弱的是你自己。

如果你想多一些健康，
那就马上付诸行动。
只是要记住——
运动需要坚持，
坚持需要毅力，
毅力需要科学，
健康就珍藏在——
毅力与科学支撑下的坚持之中。

把娱乐当作生活的佐料

青年人需要娱乐,
中年人需要娱乐,
但相比之下,
老年人更加需要娱乐。

人到老年,
社交圈缩小了,
独处的时间增多了,
整个生活都变得单调了。
要让自己活得自在一些,
娱乐是个不可或缺的伙伴。
唱歌跳舞是娱乐,
下棋打牌是娱乐,
书法绘画是娱乐,
游山玩水是娱乐,
朋友相聚也是娱乐。

当忧郁烦闷时,
娱乐可以消遣;

当娱乐是知识的竞赛时,

它可以增长智慧;

当娱乐是体育运动时,

它可以增强体质;

当需要联络时,

它可以促进交流。

娱乐既是生命活力的展示,

也是增强这种活力的良药。

娱乐是调剂老年生活的佐料,

娱乐的魅力绝对不可低估。

看看公园里唱歌的老人们,

他们的心情有多么的舒畅;

看看广场上跳舞的大妈们,

她们的笑容是多么的灿烂;

再看看牌桌上的麻友们吧,

当自摸一条龙时是多么的开心。

仔细观察生活会发现,

有三种人容易远离娱乐——

一种是缺少爱好的人,

这种人对所有的娱乐几乎都毫无兴趣,

他们活得很累,

却不知原因何在,

这是应当引起注意的。
另一种是舍不得花钱的人，
即使花点小钱去娱乐，
也会认为这是一种浪费，
这种人应当明白一个道理——
呵护生命也需要投资。
还有一种人，
或者由于曾经身居高位，
或者囿于富豪之尊，
因放不下架子而远离娱乐，
这应当算作是人生的一种悲哀。

请记住吧，
生命喜欢微笑，
生命崇尚舒展，
生命需要娱乐，
老年人应当学会娱乐。

把旅游当作生命的需要

时代进步了,
世界变小了,
人心变大了,
老年人也变得年轻了。
旅游的热潮滚滚而来,
旅游大军中的老年人越来越多,
这是一件天大的好事,
值得庆贺。

不要以为旅游只是一种时尚,
也不要以为旅游只是一种休闲。
旅游首先是一种文化——
一种能够充实人之内心世界的精神营养,
一种能够让人获得幸福感受的生活方式。

青年人常把旅游当作一种爱好,
老年人则应把旅游视为一种需要。
看精彩世界,
使自己开阔胸怀;

看美丽风光，

使自己心旷神怡；

看遗产古迹，

使自己增长知识；

看沧桑巨变，

使自己充满豪情；

看名山大川，

使自己增强体质；

看浩瀚林海，

使自己呼吸新鲜空气。

不要以为，

旅游只是青年人的专利。

河南一位退休老人，

一句英语也不会说，

却大胆出国旅游，

他边打工边旅游，

一年时间，

横穿美国大陆，

除看了许多风景，

还挣了2万美元。

也不要以为，

旅游只是有钱人的喜好。

黑龙江一位70多岁的老人，
脚蹬三轮车，
拉着百岁老母，
自北疆南行，
周游大江南北，
一年下来，
百岁老母体重竟增了4斤。

当今世界，
一切都在与时俱进，
老年人的生活也要与时俱进。
当今中国，
已经跨入新的时代，
老年人的生活也要迈出新的步伐。

休息的哲学

哲学的流水，
能渗入生活的每一个缝隙。
健康有哲学，
快乐有哲学，
休息也有哲学。

坐着是一种休息，
但坐得久了，站起来就是一种休息；
躺着是一种休息，
但躺得久了，你就想坐起来、站起来，
久躺后的坐与站，
也都是一种休息。
坐着、站着、躺着，
都是一种存在方式，
人的休息，
就是在其存在方式的改变中得以实现的。

哲学与艺术是相通的，
人的存在也有艺术。

坐如钟，是坐的艺术；
站如松，是站的艺术；
走路挺胸，是走的艺术；
严肃著作读久了，
改读休闲书籍，是读书的艺术；
一个问题思考得久了，
改换另一个问题思考，
是思考的艺术；
脑力活干久了，
去干一些体力活，
是工作的艺术；
麻将打久了，
去散散步，
是休闲的艺术；
与老伴吵嘴了，
找机会开个玩笑，
是夫妻相处的艺术；
与这个朋友生气了，
找另一个朋友倾诉，
是朋友相处的艺术。

所有这些艺术，
其奥秘只有一个——
变紧张为松弛，
变烦恼为快乐。

吃饭的学问

人以食为天，
不吃饭不行；
但饭该怎么吃，
也大有学问。

会吃的人，
营养均衡，
一身轻松。
不会吃的人，
这高那高，
浑身毛病。

没吃过的东西——
吃一点，是吃感觉；
品质高的东西——
吃一点，是吃营养；
喜欢吃的东西——
吃一点，是一种享受；
不喜欢吃的东西——
吃一点，是一种需要。

吃饭的智慧是——
先吃自己需要吃的，
之后再吃自己喜欢吃的，
二者绝不可颠倒。
吃饭的艺术是——
早上吃饱、中午吃好、晚上吃少。

人特别应当注意的是——
不要因偏食，
而导致营养失衡；
不要因亵渎早餐，
而损伤自己的健康。

现在的一些年轻人，
晚上不早睡，
第二天 11 点才起床，
早饭午饭合在一起吃。
晚饭呢？对付着吃。
仗的是深夜两三点还要吃。
这叫与生命过不去，
长此下去，
身体不出毛病才怪呢！
人到老年，
绝不可以这样。

过有规律的生活

不是累了才休息,
不累也要休息;
不是饿了才吃饭,
而是到点就吃饭。
人到老年,
尤其要学会有规律地生活。

太阳落了必定会升起,
严冬过去必定是春天;
飞机起飞终究要落地,
大河奔流终究将入海;
雨露滋润禾苗才壮,
国家富强百姓才安。

天体运行有规律,
万物生长有规律,
社会发展有规律,
人的生活也要有规律。
吃的好、住的好,

穿的好、玩的好，
都不如有规律地生活好。

天是个系统，
地是个系统，
人是个系统，
天地人是个系统，
人体及人的生活，
也是个系统。
是系统，
就有规律，
而凡规律都不可抗拒，
只能去顺应。

有的姑娘，
本应如花似玉，
却像个黄脸婆；
有的小伙，
本应生龙活虎，
却像个小老头。
所以如此，
不是因为缺吃少穿，
也不是因为胸无大志，
而是由于违背了生活的规律。

这些人，
仗着年轻，
可以48小时不间断工作；
仗着年轻，
可以三顿饭合在一起吃；
仗着年轻，
可以常年超负荷运行。
结果呢？
患抑郁症者有之，
英年早逝者也有之，
这是人生的一大不幸。

人进入老年，
体力不比以前了，
心理承受能力也大不如前了，
更应当重视有规律地生活。

何时起床，何时就寝；
何时吃饭，何时休息；
何时运动，何时娱乐；
都应当养成良好的习惯。
当这种习惯变成自然之时，
你就会有一种特别的感受——

这些看上去的小事，
却也正是自己生命中的大事。

人想健康长寿，
不是期望有最好的医生，
也不是期望有最好的食品；
关键是两条——
一是要有良好的心态，
二是要过有规律的生活。

视小病为正常

有人生,就会有疾病,
大道理是——
无病防病,有病早治。

然而——
即使你天天心花怒放,
即使你天天有神医庇护,
也不可能完全拒绝疾病。
这不是人性的异化,
也不是上天对你的惩罚,
而是生命的规律。

凡规律都是不可抗拒的,
花开花落,谁能抗拒得了?
秋去冬来,谁能抗拒得了?
日出日落,又有谁能抗拒得了?
人只能顺应规律。

老年就是连续不断的丧失——

肌肉失去弹性，

经络失去韧性，

骨骼变得疏松，

血管变得狭窄，

伴随这种种状况而来的——

便是疾病。

幸运的人生不是没有疾病，

只是没有难以治愈的大病。

所以——

人到老年，

既不要期望没有疾病，

也不要因小病而恐慌，

而应当视其为一种正常。

倘若你还能——

将其视为一种朋友，

用心善待它，

精心呵护它，

那它就——

既不会破坏你的心境，

也不会对你的身体有多大的伤害。

有的人小病不断，

不也活了八、九十岁吗？

有一种智慧叫幽默

无论对谁来说，
幽默都不是一个怪物，
而是一个多彩的圣物。
幽默不仅是一种艺术，
它更是一种智慧。
人需要幽默，
犹如鸟儿需要歌唱一样。

你或许也有这样的感受——
在家里，
它是快乐生活的味精，
丈夫一句幽默的话，
可以使生气的老伴顿时笑出声来，
儿女们也随之欢欣鼓舞；
在朋友之间，
它是团结的润滑剂，
你一句幽默的话，
就可以使紧张变为松弛，
让相互制气的友人又携起手来。

幽默的最大好处是——
能够使凝重变得轻松，
使紧张变得活泼，
使僵硬变得温柔。
说幽默是快乐的天使，
一点也不会过分。

有的人担心，
幽默会使人失去尊严，
这完全是一种误解。
恰恰相反，
善于保持幽默，
也是获得尊严的有效方法。

还有的人担心，
幽默会使人变得轻浮，
这也大可不必。
轻浮是不庄重的表现，
而幽默恰是成熟老练的反映；
担心幽默会招致轻浮，
正像怀疑笑声会引来疾病一样不可思议。

生活中，

会幽默的人不是很多,

但幽默并非高不可攀。

幽默的秘诀——

不在于能说会道,

而在于——

能让自己的心发出笑声。

你的心笑了,

幽默也就来了。

老年人,

有理由,也有能力,

做到这一点。

最特别的地方是书房

书房不大，
却也是个世界。
书房并不特别，
却有许多特别之处。

这里一堆书，
那里一堆报，
桌子上一片零乱，
但却给人以美感。

那书，让我遨游世界；
那报，让我眼观六路；
那乱，让我思绪万千；
还有那笔，让我一吐为快。

书房，
因书而有其名，
因书而有其美，
书房的特别之处，
就在于书。

有人说，
人生只读三本书。
一本是有字之书，
一本是生活之书，
另一本是心灵之书。
我想说，
生活之书不可不读，
心灵之书不可不读，
但首当读的还是有字之书。

这有字之书中，
装着人的生活，
装着人的心灵，
装着人的智慧，
装着历史，
装着天地，
装着世间的一切。
所以，身在书房，
就如同置身于整个世界。

与外面的世界不同的是——
这里像闹市中的港湾，
特别的宁静；
这里像红尘中的一片净土，

特别的清爽；
这里也像仙境中的一朵奇葩，
特别的迷人。

独处之时，
可以钻进书里，
也可以放飞自己，
从心里生出许多的奇思妙想。

朋友来了，
可以畅叙友情，
也可以谈天说地，
从心里发出一阵阵的朗朗笑声。

过去出门在外，
放不下的是工作；
现在不同了，
总想早一天回到自己的书房。
少了书房，
生活就好像缺失了许多。

家——
是我要终身厮守的地方，
在家里，
书房——
是我生活中最特别的地方。

写作也是把开心的钥匙

读书使人充实，
讨论使人机敏，
思考使人深邃，
写作使人精确。

不要以为——
写作只是文人的事情。
与其说文章是用笔写出来的，
不如说是从心里流淌出来的；
与其说满篇文字是用词句组成，
不如说是靠思想凝就。
老年人经历广泛，
思想丰富，
自己的故事多
听到的故事也多，
只要有一定的文字表达能力，
就有充足的理由去写作。

也不要以为——

人老了就不能写作。

伏尔泰64岁时，

写出《老实人》这一优秀讽刺作品。

托尔斯泰71岁时，

完成《复活》这一世界名著。

威尔·杜兰特89岁时，

与妻子联手完成《文明史》这部传世之作。

孙思邈百岁高龄，

还写出了著名医著《千金翼方》。

更不要担心——

写作会影响健康。

人的衰老往往从大脑开始，

写作伴随着思考，

而思考本身就是大脑的运动，

不但不会加快衰老，

反而会延缓衰老。

巴金一生写作，

不也活了101岁吗？

其实，

写作也是一把开心的钥匙，

你把想说的话写在纸上，

快乐会随笔而来，

烦恼会随笔而去。

此时，

你想罢笔，

都不是一件容易的事情。

亲爱的老年朋友，

拿起笔来，

写下你一路的歌谣吧！

第四篇

心态是人的定海神针。心有一切有,心悟一切悟。点亮自己的心灯,你的人生才会一片光明。

人心是人体的原子核

养老——
重在养心；
养心——
须学会炼心。
要相信——
人心是肉长的，
但也是可以冶炼的。

炼心之术，
俯拾即是。
拥抱生活，
可以热心；
看淡一切，
可以宽心；
书法绘画，
可以静心；
找回童心，
可以乐心。

炼心之要，

在于增强心力。
以从容之心，
面对衰老；
以豁达之心，
面对疾病；
以大度之心，
面对不幸；
以坦然之心，
面对生死。

人心是人体的原子核。
你的力量有多大，
不取决于你的体力，
也不完全取决于你的智力，
更多的是取决于你的心力。

要坚信，
你的心力愈强，
抗震能力也就愈强，
随之而来，
你的生命力也就愈强。

记住曹操的诗句吧——
老骥伏枥，志在千里，
烈士暮年，壮心不已。

心态是人的定海神针

古时候有位国王,
夜里做了个梦——
自己王国的大山倒塌了,
河水干枯了,
鲜花也凋谢了。
国王很害怕,
便叫王后解梦。

王后听了国王的诉说后,
大叫道——
陛下,大事不好啊!
这山倒了,
就是说江山要倒呀!
水枯了,
就是说民众要离心了!
花谢了,
就是说好景不长了!
国王听后惊出一身冷汗。
不久,
得了重病,卧床不起。

一位大臣来看望国王，
国王说出了自己的心事。
谁知大臣一听，
大笑道，
陛下，这个梦太好了！

国王不解地问道，
江山都要没了，
好从何来？
大臣解释道，
大山倒了，
路上就没有障碍了，
天下不就太平了嘛！
河水干枯了，
水底的真龙就要现身了，
您就是真龙天子，
您就要大展宏图了！
花谢了，
就要结果了，
今年国家就要大丰收了呀！
国王听了大臣的解释，
顿感全身轻松，
病很快就好了。

这是一个至为美丽的故事，

这是一篇富有禅意的美文。

它因浅显而让人易懂，

它因深邃而让人折服，

它因凝重而让人猛醒。

我们该明白了，

能够左右你生命的是什么？

不是名誉，

不是地位，

不是金钱，

也不是上帝，

而是自己的心态。

心态是一种巨大的能量，

快乐源于心态，

烦恼源于心态。

心态是人的命运之神，

心态是人的定海神针。

你想健康快乐，

你就要经常问问自己——

你的心态如何？

你有没有负能量？

你有多少正能量？

注：文中故事来源于"传统文化"

人的第四种力量

人的力量有多大,
除了要看智力、心力、体力外,
还应当看念力,
念力——
乃人的第四种力量。

念力,
乃人之意念的力量。
意念深藏于人的内心世界,
它既是一种精神存在,
也是一种看不见的物质。
它有时像个圣物,
有时又像个魔鬼,
它是一种——
能够左右人之心绪的力量。

积极的意念,
可以催你向上;
消极的意念,

则会拉你倒退；
邪恶的意念，
还可能将你引向死亡。

这决非危言耸听。
某人被误诊为癌症，
没几天，就气息奄奄，
家里人也开始为其准备后事。
但当医生否定这一诊断后，
他马上就能从床上跳到地下，
没几天就上班了。

还有一个人，
被意外地关在冷藏室里，
他顿时极度紧张起来。
越想越怕，
越怕越冷，
最后死在冷藏室里。
然而——
当时冷冻机并没有打开，
他不是被冻死的，
而是由于恐惧被吓死的。

意念是人特有的心理现象，

意念具有非凡的潜在力量。
人，特别是老年人，
一定要学会意念引导，
一定要做意念的主人。

凡事都要会想会看——
宁可把大事当作小事看，
也绝不可把小事当作大事看；
宁可把坏事当作正常事看，
也绝不可把正常事当作坏事看。

如此想，如此看，
你才能做到——
心情舒畅，精神上扬。

心灵深处有明天

年轻人有未来，
老年人也有未来。
你只要活着，
就有明天，
明天就是你的未来，
未来属于所有的人。

未来也是个世界。
你经历了过去的世界，
又来到现在的世界，
还应当面向未来的世界。
未来的世界有多美，
你应当像孩时一样去描绘。

你可以——
把自己描绘为活蹦乱跳的顽童，
每天都无忧无虑；
你也可以——
把自己的老伴描绘为梦中的情人，

每天都形影不离；
你还可以——
把自己的小家描绘为人间的仙境，
每天都生活在天堂里。

生命需要仰望。
看到十五的月亮，
你会想到嫦娥奔月；
看到满天的星斗，
你会觉得繁花似锦；
心里装着美好的明天，
你会顿感浑身都是力量。

生命酷爱追求。
儿时，
让你着迷的是玩耍；
青年时，
让你着迷的是爱情；
中年时，
让你着迷的是事业；
今天，
让你着迷的——
应当是心中的明天。
心中有明天，
余生才会有春天。

心底光亮才有乐

你已经年逾古稀，
你已经儿孙满堂，
你已经衣食无忧，
你已经做了该做的事，
你已经完全属于你自己，
此时不乐，
还待何时？

乐是心花的怒放，
乐是皱纹的舒展，
乐是对过去的放下，
乐是对未来的憧憬，
乐是对当下的爱抚。

当下并非全是蓝天白云，
当下并非全是美味佳肴，
当下也会有酸甜苦辣，
当下与过去最大的不同是——
你有充足的理由做自己的主人。

也许，
你已被闲置，
这不算什么，
你安排好自己的生活就是了；
也许，
你已被朋友遗忘，
这也不算什么，
你记着他就是了；
也许，
还有人对你冷眼相待，
这更不算什么，
你不看他就是了。

年轻有乐不算乐，
老来有乐才是乐。
身外之物不生乐，
心底光亮才有乐。

记住佛家的忠告吧——
心有一切有，
心空一切空；
心迷一切迷，
心悟一切悟；
一切为心造，
无心自解脱。

幸福源自心里美

人生有苦不可怕，
可怕的是，你的那颗心——
静不下来，清不起来，
壮不起来，笑不起来。
想想吧，心若笑，
那苦还能奈你几何？

人生的苦，花样翻新。
有的苦在名上，有的苦在利上；
有的苦在事上，有的苦在人上；
但这苦那苦，最后都苦在心上。

不吃苦何以知福，
不吃苦怎能长成？
吃苦既是一种付出，
吃苦也是一种得到；
见苦就躲是一种低下，
以苦为乐才是一种境界。

人生的可悲在于——
由于过度的追求，
而吃了许多不该吃的苦。
有的追求貌似合乎常理，
实际上是自讨苦吃；
有的苦看似从天而降，
实际上是自套枷锁。
这些苦原本就是可以避免的，
因为你追求的那些并非都是生命的需要。

生命既不脆弱，也不挑剔，
生命并没有那么多的奢望；
生命坚守的是纯真，
生命钟爱的是自在。

梅花香自苦寒来，
幸福源自心里美。
人应当明白的是——
苦在身上不算苦，
苦在心上才叫苦；
笑在脸上不算笑，
笑在心上才叫笑。
心笑了，苦就跑了；
苦跑了，福就来了。

保健要从心开始

面随心变，
病由心生；
这病那病，
最可怕的是心病。

人心本来是清净的，
如山涧之小溪，
如峰巅之白雪，
如无瑕之美玉。
但由于生活的繁复，
人心上也会——
长出杂草，生出垃圾。
时间久了，
这杂草和垃圾，
便会发霉腐烂，
生出这样那样的细菌。
时间再久了，
这些细菌，
还会侵入人的心田，

又生出许许多多的坏情绪，
诸如失落、郁闷、悲观、厌世……
人心是人体的总开关，
你有那么多的坏情绪，
怎能不殃及全身！

人体构成之缜密，
远远胜过任何一部精密仪器，
任何一个部位出现问题，
都会影响人的整个身体，
何况人心这个总开关！

人心贵在平衡，
人被坏情绪缠身的最大害处是——
容易导致人的心理失衡；
而人的心理一旦失衡，
什么样的事情都可能发生。
有的人看似有病，
却也能活个大岁数；
有的人看似无病，
却过早离开人世，
这均与那颗心有关。
所以——
健身首先要健心，
保健要从心开始。

点亮自己的灯

人老了,
会有太多的羡慕。
看到活蹦乱跳的顽童,
你会羡慕;
看到快跑登高的年轻人,
你会羡慕;
看到生机盎然的花草树木,
你也会羡慕。
这都并不奇怪,
这是人性的一种本能,
这是生命的一种张力。

但你应当意识到——
你在羡慕别人的时候,
也正在为别人所羡慕。
无论小学生还是大学生,
有谁会比你拥有更多的自由?
无论当官的还是办企业的,
有谁会比你拥有更多的轻松?

即使生机盎然的花草树木，
也不如你自在。
因为你——
不仅拥有充分的自由与轻松，
还拥有丰富的生存智慧与艺术。

人心好动，但要动得有序；
人心好比，但要比得合理。
人到老年，也应当沉下心来历练，
让好动的心多几分平静，
让好比的心多几分从容。

你已经饱尝过生活中的酸甜苦辣，
你已经领略过世面上的风风雨雨。
今天的你，该看淡看透一切了；
今天的你，该加倍珍惜自我了；
今天的你，该点亮自己的灯，
光明那真正属于自己的人生。

要记住，
人生的光明，
靠不得别人，
只能靠自己去照亮。

人要永存善心

善与恶,
乃人性之两极;
人生万象,
皆与善恶密切相关。
人到老年,
一定要读懂"善恶"二字。

何为善,何为恶?
王善人(注)将它说透了——
做事合乎道理就是善,
悖乎道理就是恶;
把事情做好就是善,
把事情做坏就是恶;
存公心就是善,
存私心就是恶。

王善人将最恶之人分为三等——
讲道不行道,
知过不改过,

是第一等恶人；
吃点亏心里就难过，
占点便宜心里就高兴，
是第二等恶人；
非分的利益知道不可得，
而念念不忘，
非法的事知道不可做，
却偷偷去做，
是第三等恶人。

在王善人看来，
除了恶人还有不善之人。
有人夸奖心里就高兴，
受人批评心里就难受；
他存的粮多，天旱粮涨价，
他就乐啦；
下雨粮跌价，
他就愁了。
这些人所以不善，
皆因缺少善心。

人有三性——
天性、禀性和习性。
孟子说——

人之初性本善,
是指人的天性。
荀子说——
人之性本为恶,
是指人的禀性。
告子说——
"性"可东可西,
是指人的习性。

谁都会认为,
初生婴儿一定是善的,
但当其三十而立,
或到四五十岁时,
是善是恶就要画问号了。
为什么呢?
因为社会是个大染缸,
经过几十年的浸泡,
其美好的天性,
或许已被其不良习性所污染。

做个善人,
贵在有善心。
有无善心看什么?
就看你一事当前,

是存公心还是存私心。
存公心者善，
存私心者恶。

人们敬佛，
是因为佛让所有的人——
都做好人，
都做善人。
佛从来不是想自己，
而是想着众生。

人要永存善心，
就务必记住——
善者公也，
恶者私也；
行善方能积德，
积德方能积福；
去习性、化禀性，
方能圆满天性。

注：王善人，其真实姓名为王凤仪（1864—1937），蒙古族，出生于热河省（现辽宁省），中国近代著名民间教育家、伦理道德宣传家。他未曾读书，因笃行忠孝，自诚而明，其讲人生，语似俚俗，意境深远。他一生中创办了700余所女子义务学校，推动女子教育的发展，被人们亲切地称为"王善人"。

养心从何做起

养生，
首先要养心。
养心，
当从何做起？

一曰：静心。
人心好动——
眼睛看到某种东西会心动，
耳朵听到某件事情会心动，
鼻子闻到某种气味会心动，
舌头舔到某种食物会心动，
身体产生某种感觉会心动，
意念中生出某种幻想也会心动。
在这么多的情况下，
心都要动，
那心能不累吗？
一个人心累了，
那身子能不累吗？

所以，养心——

首先要让自己的那颗心静下来。

心静了，才能气顺；

气顺了，才能神凝；

神凝了，才能身心轻松。

二曰：清心。

人心原本是清亮的，

但由于利益的驱使，

竟会生出许许多多的欲望。

而欲望又是一个无底洞，

得了这个还想得那个，

得了那个还想得别的。

然而，

天下哪有想啥就能得啥的呢？！

伟人做不到，

圣人也做不到，

常人更做不到。

由于做不到，

心里就会生闷气、生怨恨。

所以，养心——

还必须让自己的那颗心清净起来，

心清了，眼睛才能明亮；

眼睛亮了，路才能走对；

路走对了，才会有美好的人生。

三曰：壮心。

人生的原动力，

既不来自躯体，

也不来自智慧，

而是来自自己的那颗心。

比武，首先比的是心气；

斗智，首先斗的也是心气。

一个人心气不足，

就会像泄了气的皮球一样，

是派不上用场的。

所以，

养心最重要的是壮心——

强壮自己的心理，

提升自己的心气。

一个人，

如果内心强大了，

心气满满的，

就没有过不去的火焰山。

燃起心中的火焰

时间的列车,
每天都在飞驰向前;
年逾古稀,
你会愈加感到生命的短暂。
如何珍惜当下的每一天,
对每位老人,
都是一个特别的考验。

一天,
对谁都是 24 小时,
但怎样度过这一天,
却不可小看。
到朋友圈里,
热热闹闹是一天;
孤苦伶仃,
闷闷不乐也是一天;
闲里偷忙,
乐在其中是一天;
长吁短叹,

等着天黑也是一天。

今天是一天，
明天也是一天；
生命从某一天开始，
生命也将在某一天终结。
不要小看这一天，
每一天，
都是你生命的一部分。

珍惜这每一天吧，
拥抱这每一天吧；
这不是一种悲哀，
也不是一种无奈；
这是生命的呼唤，
这是我们心中的火焰。
老年朋友们，
燃起你心中的火焰吧，
让我们的每一天都那么灿烂！

最可怕的是心魔

神话里的魔鬼，

只是一种虚无。

但有一种魔鬼，

是确实存在的，

它的名字叫心魔。

心魔在哪里？

就在人的心中。

心魔是什么样子？

它是一种不正当的意念。

既看不见，也摸不着，

但却能左右人的思想和言行。

心魔有多可怕？

它让人——

思绪万千，想入非非，

这是扰心。

它让人——

丧魂失魄，怀疑一切，

这是扰神。

它让人——

鼠目寸光，因小失大，

这是扰志。

它让人——

忧愁烦恼，生气上火，

这是扰性。

它让人——

心事重重，浑身毛病，

这是扰身。

一个人——

心乱了，

神散了，

志丢了，

性恶了，

身病了，

还能得好吗？

心魔——

是放大了的心病，

是恶化了的心境。

它比躯体上的疾病可怕，

它比传说中的魔鬼恐怖，

老年人尤其应当加以提防。

最难防的是心贼

人的心里，
不但会有杂草和垃圾，
还有更可怕的东西呢！
比如好贪、好争、好搅，
古人将之称为"心贼"。

先说"贪"。
人心存贪欲，
就会变得像一只饿虎一样，
见食就想一口吞到肚里。
不同的是，
即使饿虎也有吃饱的时候，
但人有了贪欲，
就绝没有满足的时候。
贪了80万，还想凑个整数，
上到100万，上了百万还想上千万，
越贪越想贪，
这样的人哪有不倒霉的呢？

次说"争"。
有的人不去贪,
但却拼命去争——
争官、争名、争利。
争到了就高兴,
争不到就生怨恨。
当初只想争一次,
但尝到甜头后就上瘾了——
争到名还想着争利,
争到利还想着争官;
不但为自己争,
还为儿女、老婆争。
争得如何呢?
有争上的,也有争不上的,
但不管争上争不上,
都把脸丢尽了。

再说"搅"。
有那么一些人,
知道争不上就去"搅",
什么事都要插一手。
或故意出歪点子,或暗地里使坏;
或散布流言,或挑拨离间。
结果呢?

哪里有他们插手，
哪里就乱哄哄的。
尤其让人气愤的是，
面对此种情形，
这些人不但不自责，
还躲在背后偷乐呢！

环顾生活，闭目想想，
一些人的困境、惨相、悲剧，
不都是由这些心贼导演的吗？

家贼难防，
心贼就更难防了，
但越是难防越要防。
防心贼的唯一办法是——
把心地清扫得干干净净。
对一个人来说，
这清那清，
最重要的莫过于心清。
心清了，
心贼哪里还会有缝隙可钻？
心清了，
心贼哪里还会有藏身之处！

最复杂的是人性

人生的悲苦，
均源于人性，
而不是生命。

人性的卑劣，
就在于有太多的奢望，
以致——
给生命带来了种种不幸。
倘若人都能活得简单一些，
其悲苦必定会减少许多。

无论谁，
都可以追求幸福，
但绝不能亵渎生命。
生命是一种存在，
生命是一种灵光，
生命原本是纯真的，
但它既不是永动机，
也不是撼不动的喜马拉雅山。

生命也有度，

过度的追求，

只会适得其反。

即使想要的都有了，

也很可能是——

为自己埋下了一颗定时炸弹。

想想吧，

那许多残害生命的悲剧，

不就是这样上演的吗？

其实，

幸福并不复杂，

幸福只是生命的一种需要。

如盲人所说，

能看见就是幸福；

如乞丐所说，

有饭吃就是幸福；

也如光棍所说，

有老婆就是幸福；

还如病人所说，

能活着就是幸福。

生命是幸福的载体，

载体不同,

对幸福的理解也不同。

但不管对谁来说,

幸福——

首先是一种感受,

是一种领悟,

是一种知足,

是一种心态。

而这一切,

都与人性息息相关。

生命永远是神圣的,

而人性有时却是拙劣的;

如果你的幸福太少,

千万不要怪怨生命,

而应当在自己身上找找原因。

不要自己为难自己

儿时，人是最快乐的。
为什么？
因为简单——
吃饱就行，能玩就好。

但随着年龄的增长，
人就变得复杂起来。
上完小学上中学，
而且要上个重点；
上完中学考大学，
而且要考个名牌。

参加工作后，
想的就更多了。
先想谋个小官，
当上小官后，
又想把官当得再大一些。
何止这些，
还会想到挣钱，
有的甚至想一夜暴富；

还会想到地位,
有的甚至想一步登天;
还会想到名声,
有的甚至想一举成名。

然而,
你所想要的这些,
并非都能得到。
由于得不到,
就会生出种种烦恼;
烦恼得久了,
又会生出痛苦;
痛苦得久了,
又会生出许多的怨气;
怨得久了,
郁结于心,
就会酿成心病;
心病了,
身病也就多了。
这样的人,
还有多少快乐可言?
这样的人,
是多么的傻啊!

倘若你是另一种活法——

把许多想要的，
统统当作一种多余；
把许多失去的，
统统当作一种得到；
把许多的"应该"，
统统当作"不应该"；
哪里还会有那么多的——
烦恼、痛苦和怨气呢?

人生难，
就难在有过多的欲望。
得到这一些，
还想得到另一些。
但结果常常事与愿违，
不但得不到，
有时连得到的也会失去。
一些人的烦恼与痛苦，
不就是这样酿成的吗？
这些人，
常为自己喊冤，
实际上，
他们是被自己冤枉的。
人到老年，
绝不要自己为难自己。

学会感受美好的一面

生活既不是童话，
也不全是美味；
但不管它多么复杂，
也总有美好的一面。
人不能期望天天都是阳光灿烂，
你应当在意的是，
即使电闪雷鸣，
也要学会感受那美好的一面。

独处之时，
你可以感受宁静的美好；
失意之时，
你可以感受希望的美好；
与老伴生气时，
你可以感受儿女的美好；
儿女不争气时，
你可以感受朋友的美好；
朋友反目时，
你可以感受其往日的美好。

要坚信，

生命有限，但精彩无限。

感受美好，

首先要善于发现美好。

美好在哪里？

既不在天上，也不在地上，

而就在你的心中。

人心是万物之神，

痛苦与美好，

皆由心生。

生活反复告诉我们，

心轻者快乐多于痛苦，

心重者痛苦多于快乐。

佛家也早有言相告，

人的心性以多一些简单为好，

人的心境以多一些敞亮为好，

人的心态以多一些平和为好。

如果说，感受美好还有什么诀窍，

那就是——

把自己的身段放低一些，

把自己的品位提高一些，

把自己的心量变大一些。

第五篇

把自己比作太阳,今日落西山,明日还要出东海。明知生命有尽头,也要天天乐悠悠。

把自己比作太阳

世间共有一个太阳，
但每个人拥有的光亮——
却大不一样，
这不是因为太阳缺少公平，
而是由于人的心境各不相同。

每个人都是个世界。
在这个世界里，
既有良田美景，
也会有沟壑陷阱；
既有春夏秋冬，
也会有日月星辰。
只是你——
没有去发现，
没有去善待。

实际上，
每个人都有两个太阳，
一个在天上，

一个就在你的心中。

天上的太阳，

照亮的是大地；

心中的太阳，

照亮的是你自己。

你的心，

就是你的太阳。

人应当用百倍的努力——

呵护好自己的那颗心，

让它像天上的太阳，

天天放射出光芒。

倘若你真能做自己的太阳，

还何需别人去照亮?!

人生的路，

要靠自己去走；

人的心，

要靠自己去养护。

如果你的心，

既壮实又美丽，

那你的晚年生活，

也必定会绽放出奇花异彩。

把自己比作太阳吧,
今日落西山,
明日还要出东海。
人老了,也该有——
勇者的担当,
智者的目光,
壮士的自信。
如此,你才能做到——
不为往事扰,
心里只会笑。

第五篇

老年人生的三大支柱

人的一生,
是在缺少中度过的。
有缺少,
才去填充,
才去奋斗;
有缺少、有填充、有奋斗,
才是真实的人生。

人到老年会有诸多的失去,
但不管你失去什么,
决不能——
失去自信,
失去关爱,
失去需要。
有自信、被关爱、被需要——
乃支撑老年人生大厦的三大支柱。

有自信——
乃老年人生的心理支柱。

它如同夜航时的灯塔,

如同飞机上的发动机,

它是一种希望,

它是一种动力,

只要你自信心不倒,

生命就依然会散发出耀眼的光亮。

被关爱——

乃老年人生的情感支柱。

关爱好比夏日里的凉风,

也好比沙漠里的圣水,

它能沁入你的肺腑,

它能滋润你的心田,

关爱对老年人的重要性,

无论怎么估计都不会过高。

被需要——

乃老年人生的精神支柱。

它像人需要吃饭睡觉一样,

也像人需要御寒避暑一样,

它是人的一种本能,

也是人的一种天性。

人被闲置——

是一种难以忍受的痛苦,

快乐万岁

人被需要——
会拥有一种特别的快乐。

倘若老年人都能做到——
有自信、被关爱、被需要,
他们生活与生命的质量,
必将会有大的提升。
这一点,
老年人应当及早觉悟,
为儿女者应当及早明白,
所有老年工作者,
都应当为之而身体力行。

切莫把老当枷锁

人总是要老的,
如何面对老,
这是所有老年人,
谁都会遇到的问题。

有的人因老而叹息,
有的人因老而失望,
还有的人因老而恐惧。
一个"老"字,
竟成了套在自己身上的枷锁,
不仅把自己的手脚绑架了,
连自己的心也被绑架了。
由此而来,
心底的阳光没有了,
连十五的月亮也不圆了,
一切都被颠倒了;
呈现在眼前的,
只有那传说中的另一个世界。

这太不应该了!

这是一种糊涂,

这是一种短视,

这是一种狭隘,

这是对生命的一种亵渎。

人不管年轻还是年老,

在生命面前,

大家都是平等的。

这正像太阳发出的光亮,

也正像山间吹来的清风,

谁都有充分享用的权利。

人老了,

所剩的时光不多了,

更应当做生命的主人。

不要以为,

人老了,

生命就不珍贵了;

人越老,

生命越珍贵,

你越应当珍惜。

也不要以为,

人老了，
就成为儿女的累赘了；
今日的你，
不也是昔日的儿女吗？
你曾把父母当作过累赘吗？

更不要以为，
人老了，
就不需要有任何追求了。
健康不值得追求吗？
快乐不值得追求吗？
你应当追求自己喜欢的一切。

人进入老年，
是最当放飞自己的时候。
你已经做了自己该做的事，
你有资格放飞自己；
你现在完全属于你自己，
你有权利放飞自己；
你有大半辈子的生活经验，
你有能力放飞自己。

放飞自己，
要从心开始。

人苦，苦在心上，

人乐，乐在心上。

心轻了，

身子也就轻了；

心轻身轻，

你就能飞起来了。

没有什么人、什么事，

能捆绑你自己，

如果你总是飞不起来，

那只能从你的心上找找原因。

别把"老"字挂嘴上

生命是一种灵光，
生命更是一种希望。
人在父母的希望中诞生，
人又在自己的绝望中离去。
天下之人，
有谁不是这样！

人有希望，
生命才有灵光。
灵光是生命的闪电，
希望则是灵光托起的蓝天。
希望与灵光共生，
生命与希望同在。

希望不是一种虚空，
也不是一个口号；
它是一种光亮，
更是一种力量。
它是引你——

驶向彼岸的一座灯塔,
它是让你——
内心强大的一剂良药。
人到老年,
可以缺这少那,
但绝不能缺失了希望。

你的希望在哪里?
就在明天。
明天在哪里?
就在你的心中。
心中的明天有多少,
你的希望就有多少。

人到晚年,
不要常把"老"字挂在嘴上。
对儿女说——
我老了,
见了朋友也说——
我老了。
其实,
只要你心中有明天,
你就没有老;
只要你心中有希望,
你就依然年轻。

活在感恩的世界里

前人栽树，
后人乘凉；
自己的美好，
均源于别人。

今天的美好，
是故人创造的，
今人应当感恩故人。

儿女的美好，
是父母给予的，
儿女应当感恩父母。

香甜的大米，
是农民播种的，
所有的人，
都应当感恩农民。

高楼大厦，

是工人修建的,

所有的人,

都应当感恩工人。

国家安全,

是因为有战士的保卫,

今日的便利,

是因为有科学家的奉献。

想想吧,

即使圣人,

其所拥有的,

那一样能离开别人?

即使万能之人,

谁能创造出——

自己生活中所需的一切呢?

我们在生活,

但却活在别人的世界里;

我们在攀登,

但都站在别人的肩膀上。

恩是一种情,

恩是一种义;

感恩是一种美德，

感恩也是一种责任。

滴水之恩，

当涌泉相报。

不管你已经多少岁，

都应当活在感恩的世界里。

第五篇

把孤独视为一种美丽

在人的一生中,
谁都会有孤独的时候,
特别是人到老年,
孤独更会成为生活中的一位常客。

有人说,
喜欢孤独的人——
不是野兽便是神灵。
但也有人说,
没有比这句话——
更能把真理与错误混合在一起的了。
应该说,
这两种说法各有各的道理。

思古看今,你会发现——
孤独者的心境,
有时如同一片旷野,
是既荒凉又苦闷的,
有的人在孤独中沉湎了,

还有的人竟在孤独中离去了。
但它有时又好像一片沃土，
能开出美丽的花朵，
结出丰硕的果实，
屈原放逐，乃赋《离骚》，
孙子膑脚，兵法修列，
就是极好的例证。
所以，
更多人认为，
既不要一概地赞美孤独，
也不要一味地斥责孤独，
重要的是如何去善待孤独。

人步入晚年，
孤独是很难避免的，
你与其将它视为一个魔鬼，
倒不如将其当作一位朋友。
如果你被孤独缠身，
就应当正视它，
既来之则安之，
既来之则善待之。
善待孤独的最好办法是——
唤醒自信，
面向明天，

满怀希望。

如果你是个富有进取心的人，
那就更应当——
珍惜这片宁静，
守住这片宁静；
在宁静中学习，
在宁静中思考；
在宁静中偷乐，
在宁静中经营；
深思慎独，
或许也能创造出意想不到的奇迹。

孤独不可怕，
可怕的是——
失去自我，
失去自信。
所以，
你要善待孤独，
首先要做的一件事情是——
调控好自己的内心世界。

将独处当作一种享受

作为老年人，
特别是单身老人，
没有谁会喜欢独处。
偌大的房子里只有一个人，
天天面对四壁，
连个说话的人也没有，
经常会觉得心里空荡荡的；
时间久了，
不仅容易患上忧郁症，
还可能引发出其他的疾病。

即使有儿有女的老人，
或因儿女工作太忙，
或因儿女出国深造，
或因儿女身体欠佳，
或因儿女缺少孝心，
也难免会有独处的时候。
所以，
老年人既要尽量避免孤独，

同时也应当学会善于独处。

不要把独处视为一种无奈。
独处之时,
没有应酬,无人干扰,
你会拥有一片清静;
独处之地,
没人涉足,没有喧闹,
你会拥有一片净土,
这不正是一种很特别的享受吗?

独处的首要秘诀是——
保持心静。
心不静则神不宁,
神不宁则身难处。
倘若你的心里,
总是乱糟糟的,
要做到独处是很困难的;
如果你真做到了心静如水,
那就不会有太多的烦躁与不安。

要相信,
独处也是可以经营的。
你可以——

尽情地品尝自己的爱好；
你可以——
尽情地做自己想做的事。
倘若你能用心地去经营这种自由，
那么，你的生活，
就极有可能是一幅美丽的画。

要记住，
勇于面对独处是一种智慧，
乐于面对独处是一种境界，
善于面对独处则是一种艺术。

珍惜生命的每一天

纯真,乃儿童之天性,
爱美,乃青年人之天性,
惜命,乃老年人之天性。

人到老年,
最看重的是生命。
这并非缘于人性的软弱,
而是缘于生命的短暂;
这并非人性的弱点,
而恰是人性的优点。

知生死,
方知生命之珍贵;
知生命之珍贵,
方知生活之可爱;
知生活之可爱,
方知自己该怎样面对活着的每一天。

人生是一条长河,

你能走到哪一天，
谁也说不清楚。
能够说清楚的是——
即使是万里长征，
也总有尽头。
这方面，老年人应当具有的境界是——
明知生命有尽头，
也要天天乐悠悠。

生命是父母赐予的，
珍惜生命，才对得起父母；
儿女的生命是你给的，
珍惜自己的生命，也才对得起儿女。
珍惜生命既是一种美德，
也是一种责任。
如果有谁嘲弄老年人惜命，
那他不是野兽，
便是个魔鬼。

有一句话，
是谁都应当记住的——
你若失去了生命，
即使拥有整个世界又能如何呢？

把自己还给自己

少年时,
要忙于读书;
青年时,
要忙于生计;
中年时,
要为儿女奔波;
今天,
你应当把自己还给自己。

你可以有自己的梦想,
但不要有那么多的妄想;
你可以回忆过去的美好,
但不要抱住往日的遗憾不放;
你不仅要拥抱自己的今天,
而且要放飞自己的明天;
你不仅要保护好自己的身体,
更要呵护好自己的心灵。

一个人也是个世界,

这个世界有多大，

要看你的心有多大。

如果——

你的胸怀胜似海洋，

那么——

你的世界必定一片光明。

在这个世界里，

你是绝对的主人；

如何装扮这个世界，

完全由你说了算。

现在——

是你一生中最自在的时候。

你有一方净土，

你有一种爱好，

你有一群朋友，

你有一位贴心的老伴，

你有一个从容的心态，

你就能——

稳稳地驾驭自己的生命之舟，

驶向那灯火灿烂的彼岸。

你的黄昏你做主

老年丧偶或离异，
都是一种不幸。
弥补这一不幸的最佳选择，
莫过于再婚。
然而，
这又实在是一道难解的试题。

且不说，
要横下心来冲破世俗的束缚；
也不说，
要硬着头皮排除偏见的干扰；
就连儿女这一关，
也不是那么好过的。

儿女关难在哪里？
有的——
担心爸妈受骗，
担心对方是否会真心过日子，
应当说，

这是一种关爱。

也有的——

担心爸妈失去尊重，

失去应有的老人形象，

应当说，

这是一种误解。

还有的——

担心爸妈拥有的财产，

最后会落到外人手里，

应当说，

这是一种私心。

但不管出于何种担心，

有一点却被他们忽视了，

那就是——

老年人的情感需求。

人到老年，

需要亲情，

也需要爱情。

只有亲情而没有爱情，

或只有爱情而没有亲情，

都是人生的一种欠缺。

换位思考一下，

在今天的时代，
如果父母横加干涉你的婚恋，
你会赞成吗？
你一定会举双手反对，
连外人也会喊着支持你的。

如果你是出于关爱，
把想说的话说了就是了，
爸妈会用心掂量的。
如果你是由于误解，
把道理想清楚就是了，
爸妈不会埋怨你的。
如果你是藏着私心，
果断地放弃就是了，
爸妈也不会记恨你的。

一位智者说得好——
真正的爱，
真正的孝，
是放手，
跟爸妈说一声——
"你的黄昏你做主"。

多一些长者的风范

年过花甲，
就是长者。
长者，
当有长者的风范。

不以己悲而嫉妒别人，
不以己喜而卑视别人。
要笑看一切，
多一些雅量。

做事不顺，当作正常；
谤言入耳，不以为然。
要冷眼看世界，
多一些平和。

看人看长处，
记人记好处。
失礼要道歉，
得理也让人。

遇事不钻牛角尖，
以多一些宽容为好。

人走茶凉不可怕，
年龄增大不可怕，
身染小病不可怕。
乐也坦然，
苦也坦然，
以多一些大度为好。

朋友相处，贵在交心；
心心相印，方能一路同行；
能行多远，
一切随缘。

把有当作无，把无当作有；
把得当作失，把失当作得；
凡事不强求，
一切随遇而安。

长者，
贵在学高，
贵在德厚，
贵在能美化后人。

在轻轻松松中老去

人生有起点，
也就有终点。
如果你年事已高，
有必要思考的是——
人应当怎样老去。

老年是人生的最后阶段。
今天，你还能走动；
过几年，你可能失去某种能力；
再往后，你还可能患上某种疾病。
这些，都应当算作正常，
不要太放在心上。
你该在意的是——
如何善待活着的每一天。

岁月无情，人要有义。
你可以视一天为一年，
把一天当作一年去度过。
你还可以视一年为一生，

快乐万岁

把一年当作一生去珍惜。

善待生命，
要从珍惜生命的每一天做起。
如果你的每一天，
脸上都露出微笑，
那你的这一天，
就是美好的。
如果你的心里，
天天都有明天，
那你的今天，
就是光亮的。
如果你能看淡一切，
心底总是洒满阳光，
那你的每一天，
都会是快快乐乐的。

老去是一种必然，
谁也无法抗拒。
人应当追求的是，
在轻轻松松中老去。
像蓝天上的白云——
自自在在，
潇潇洒洒，
随风而去。

最美的女人是母亲

天下之女人谁最美?
不是歌星,不是舞星,
而是你的母亲。
母亲孕育你诞生,
母亲哺育你长大,
母亲让你有个家,
母亲目送你去远行。

在家时,
母亲呵护着你;
分离了,
母亲惦记着你;
回家后,
母亲又抚摸着你。

母亲有颗包容之心。
她再忙,
也从不叫苦;
她再累,

第五篇

也从不抱怨；
她再难，
也从不声张。

母亲有颗仁慈之心。
小时候，
她把你当孩子；
你长大了，
她还把你当孩子；
直到今天，
她仍把你当孩子。

母亲有颗大爱之心。
她爱你的小家，
她爱你的事业，
她爱你的一切，
有时候连你的缺点，
也会当作优点。

母亲美在哪里，
美在爱上，
美在德上，
美在心上。
母亲是我们的保护神，
我们当做母亲的护身符。

最棒的男人是父亲

家庭如大厦,
大厦有梁柱,
你家的梁柱在哪里?
别找了,
那就是你的父亲。

上小学时,
老师批评了你,
你哭了,
母亲也跟着流泪。
父亲却说,
别哭了,
泪水有什么用!

上大学后,
老师表扬你,
你笑了,
母亲也跟着笑。
父亲却又说,

别笑了,
你能笑出个金山银山吗?

那时候,
你觉得母亲很可爱,
却觉得父亲很可怕。
但后来,你又觉得,
父亲是那样的可敬。
他虽然严厉,
有时甚至有些冷酷,
但却让你变得坚强。

参加工作后,
你的仕途并不顺当,
但也在楼房里办公。
父亲看了后说,
可以了,
咱家的子弟,
能在这里办公就可以了。
父亲——
又是那样的坦然与豁达。

母亲的左腿一直很不好,
有一天,

母亲的这条腿——

突然被锯掉了。

弟弟哭了,

你也哭了,

但父亲没有哭,

他掩埋了母亲的那条腿,

又为母亲做了个拐杖。

从这时起,

母亲就拄着拐杖走路,

直到80岁,

还天天为大家做饭。

母亲变得坚强了,

你和弟弟也变得坚强了。

这里的你就是我,

这里的我就是你。

天下的儿女不一样,

但天下的父母都一样。

第五篇

你真的了解老人吗

年轻时，
人有太多的爱，
但你并不真懂爱是什么。
磕磕碰碰几十年，
你成熟了，
知道什么是爱了，
但爱却变得——
有些神奇，有些遥远。

当你进入暮年，
随着——
体力的衰退，
病痛的侵扰，
社交半径的缩小，
以及——
随之而来的孤独与寂寞，
你对爱——
会生出一种特别的渴望。

看到儿女孙子你会爱，

看到顽童嬉戏你会爱，

看到鲜花盛开你会爱，

看到鸟儿放飞你会爱，

看到鱼儿畅游你会爱，

看到满天星斗你也会爱，

你甚至会爱生活中的一切。

这种爱——

是那样的无边无际，

是那样的繁花似锦。

这种爱——

是对生活的希冀，

是对生命的崇尚。

这就是老人，

这就是老人的心理，

这就是老人想要的，

你真的了解老人吗？

爱是生命的本能，

爱是生命的流水，

爱是生命的需要。

老年人需要爱，

好比久旱的禾苗需要雨露一样。

所以,
天下的儿女们,
都应当了解父母之心,
不管你的父母是 80 岁还是 90 岁,
你都应当给他们更多的爱。

高龄老人的内心世界

对高龄老人而言,
最怕的或许不是死亡,
而是这之前发生的种种状况——
失去听力,
失去视力,
失去记忆力,
失去运动的能力,
失去原有的朋友,
失去固有的生活方式。
这诸多的失去,
使他们觉得——
自己已日薄西山,
自己已变得毫无用处,
甚至成为儿女的累赘。
或许——
这就是高龄老人的内心世界。

因为诸多的失去,
没有了感观基础,

甚至分不清白天黑夜；

有时候会变得稀里糊涂，

有时候会感到异常孤独，

甚至觉得很不安全。

最危险的倾向是——

萌生厌世的念头。

或许——

这应是为儿女者最该关注的事情。

人在生命的最后阶段，

最大的拥有莫过于老伴。

他（她）能与你说话，

他（她）能给你喂饭，

他（她）能帮你穿衣，

他（她）能为你洗澡，

如果你还能散步，

他（她）会牵着你的手。

此时，你会觉得——

现在比过去任何时候都更加相爱。

或许——

这才是高龄老人最为珍惜的时刻。

孝敬父母不能等

人皆为儿女，

也皆为父母。

父母疼爱儿女，

从你落地时开始；

你孝敬父母，

当从何时做起？

或许你会说，

现在我很忙，

等两年再说吧，

错矣！

或许你还会说，

现在爸妈很健康，

等几年再说吧，

错矣！

想想吧，

父母疼你爱你，

等过吗？

再想想吧，

等几年，

你就闲了吗？

还要想想，

父母今天很健康，

等几年还会一如往常吗？

父母牵挂儿女，

是一辈子的事；

你关爱父母，

能有多少机会？

时光不等人，

人老时不等；

生儿育女皆可等，

孝敬父母不能等。

有的人，

当父母遭遇不测时，

才大梦初醒；

还有的人，

当父母临终闭眼时，

才开始反省自己。

遗憾呀！

终身的遗憾！

永远无法弥补的遗憾!

晚辈们,
请记住一位老年工作者的寄语吧——
关爱今天的老人,
就是关爱明天的自己。
只有孝敬自己的父母,
才能得到子女的孝敬。
怎样关爱自己的儿女,
就应当怎样关爱自己的父母。
家家有老人,
人人有老时;
我今不敬老,
我老谁敬我?

敬老要敬在心上

老年人要学会养老，
年轻人要学会敬老。
养老重在养心，
敬老重在敬心。

幸福老人的喜剧，
有一半是由儿女导演的；
不幸老人的悲剧，
有一半是由儿女酿成的。
只管吃和穿，
只能谓之养；
不管喜与忧，
不能谓之敬。
养——
只是物质上的保障；
敬——
才是精神上的慰藉。

人到老年，

有荣誉感，

也容易有自卑感；

有宁静感，

也容易有孤独感；

有恋子之情，

也容易有厌世之心。

为儿女者，

一定要——

知老人之心，

顺老人之意，

解老人之惑，

敬老务必敬在心上。

第五篇

望子成龙有讲究

望子成龙，
是所有父母的心愿；
但怎样才能教子成龙，
却并非所有的父母都那么清楚。

父母都会爱孩子，
但决不能溺爱。
溺爱孩子的父母，
犹如没有经验的农夫，
往往会由于施肥过多，
致使农田荒芜。

不要怕孩子吃苦。
苦能催人早熟，
苦能催人自立，
苦能催人奋进，
苦能磨炼人的意志。
蜜罐里长大的孩子，
远不如在苦水里泡大的坚强。

孩子有了过失,

要循循善诱,

娓娓规劝,

千万不能护短。

护一个短,

就可能多一个短;

护一次过失,

就可能多一次过失。

护短——

是一种变相的放纵。

孩子的成长,

重在心理健康。

惯吃惯穿,

但绝不能惯脾气。

脾气一大,

心量就小了;

心量小了,

品位就低了。

一个没有品位的人,

还能成就什么大事!

为了让孩子成才,

父母需要记住的是——

放任与引导,

以引导为好;

宽教与严教,

以严教为好;

享乐与吃苦,

以吃点苦为好。

为了自己的美好,

孩子们应当记住的是——

靠父母,

只能靠一阵子;

自身强,

才能强一辈子。

该给儿女留些啥

儿女,
是父母的心头肉。
人到晚年,
爱儿女,
常常会胜过爱自己。

即便是逆子,
也绝不会嫌弃。
不但不会嫌弃,
还经常会想着——
身后给他留些什么。
这绝不是一种狭隘,
而是人性的一种美好。

然而,
由于种种不当,
原本美好的人性,
也容易被扭曲。
以致——

为了儿女，
却又害了儿女。
世间的一些悲剧，
不就是这样酿成的吗？

最常见的悲剧是——
由于父母留下的钱财太多，
导致儿女们，
不学习，不上进，
整日无所事事，
只是躺在父母的遗产上混日子。

更有甚者，
由于手中的钱多，
竟当起酷少爷和大小姐来。
气变粗了，
胆子变大了；
目中无人，
甚至目无法纪。
由此——
被人唾弃者有之，
锒铛入狱者也有之。
这些——
都是昔日的父母们未曾预料到的。

今日的父母们，
该警醒了，
该好好想想了，
你当为儿女们留些啥？

儿女的美好，
不在于有多少存款，
不在于开多好的车，
不在于住多大的房子。
而在于——
有理想，有抱负；
会做人，会做事；
行得端，走得正。

为了儿女的美好，
你当为他们——
多留些美德，
多留些美誉，
多留些美言，
多留些美行。
所有这些，
为父母者——
都应当及早明白，
明白得越早越好。

第五篇

暮色苍茫仍从容

从容是一种心态，
老年人需要从容，
犹如收获后的土地也需要耕耘一样。

从容是一种成熟，
面对退休离职，
唯有从容才能使你——
不为权力的失去而感到困惑，
不为地位的下滑而感到失落。
相反——
你会以一种知足快乐的态度对待之，
认为这是合乎新陈代谢规律的事情。

从容是一种智慧，
面对人走茶凉，
唯有从容才能使你——
不为遭遇冷落而感到失意，
不为丢掉面子而感到郁闷。
相反——

你会以一种豁达和坦然的态度对待之，
认为这是社会生活中的正常现象。

从容是一种悟性，
面对日渐衰老，
唯有从容才能使你——
不为年龄的增长而感到忧伤，
不为疾病的增多而感到失望。
相反——
你会以一种通达和宁静的态度对待之，
认为这是人生中谁也绕不开的问题。

从容是一种镇静，
面对晚霞暮色，
唯有从容才能使你——
不为生命历程在缩短而感到恐慌，
不为死神总会降临而感到恐惧。
相反——
你会以一种忘我和超然的态度对待之，
认为这是由生命逻辑推导出的必然结论。

从容是紧锁在人生路上的一扇大门，
但打开从容之门的钥匙也是有的。
你可以从下列几点做起：

（一）学会欣赏暮色

暮色虽然伴随着苍茫，

但它的确也是一种美景。

如果把人生比作一本书，

那么，暮年就是书的结尾，

而这结尾部分，

往往是最凝练、最厚重的。

如果把人生比作一台戏，

那么，暮年就是戏的最后一幕，

而这最后一幕，

往往是最迷人、最令人难以忘怀的。

（二）学会改变心态

人生中的许多坎坷与不幸，

有时真的是无法改变的；

但应当相信，

自己的心态是可以修改的。

不管遇到什么样的麻烦，

只要你不把它放在心上，

它也就只像耳边吹过的风一样。

（三）学会拥抱希望

真正可怕的不是年龄的增大，

而是希望的减少；

希望少了，

生命的活力也就少了。

要记住，

希望就是你的太阳，

只要你的希望不减，

每一天就都是新的生命的开始。

（四）学会充满自信

生命的力量首先来源于自信。

世界上没有能包医百病的灵丹妙药，

如果有，那就是自信。

自信是守护心灵的卫士，

是引你远行的天使；

它比黄金宝贵，

它与你的生命一样重要。

只要你的自信心不倒，

你的生命空间就不会缩小。

（五）学会自爱自强

有病怎么办？

靠儿女，

久病床前无孝子；

靠老伴，

他（她）也需要人照顾；

事实是，

最终还得靠票子。

要记住，

钱多没有用，

没钱也不行；

谁有不如自有，

自有不如怀揣。

（六）学会面对生死

生是偶然的，

死是必然的。

面对死神，

不必躲闪，

不必恐惧，

就当是去另一个世界周游一番。

人应当优雅地老去，

也应当有尊严地离去。

第六篇

上善若水,为善最美。人要有水一样的品格,可高可低,随方就圆,一切顺其自然。

人生也是一场考试

人生也是一场考试，
每个人在离开世界的时候，
都要向后人交出一份人生的答卷，
没有谁可以例外。
不管你是否意识到这一点，
实际情况就是这样的。

人来到世界，
又离开世界。
来得基本相同，
去得也基本相同，
但从来到去这个过程，
却大不一样。

人的生命过程，
太纷繁、太复杂了。
有相聚，也有分离；
有坦途，也有险滩；
有顺境，也有逆境；

有欢乐，也有痛苦；
有成功，也有失败。
人生的答卷，
就是对这一生命过程的总结。

人生的考试，
决不像文化考试那样简单。
文化考试，
重点测试的是知识，
而人生考试，
重点测试的是品德。

在人生的考试中，
要紧的是过好三个关口。
一是权力关。
未掌权的人，
不要看到别人手中有权就眼馋；
已经掌权的人，
不要凭借权利去谋取私利，
迷权者必定毁在权上。
二是金钱关。
谁把金钱看得重于一切，
谁就难免随之而失去一切；
人钻进钱眼里，

是注定要失去自由的，
迷钱者必定毁在钱上。
三是美色关。
看到漂亮女人就动心，
难免做出蠢事；
色胆包天，
终究要铸成大错，
迷色者必定毁在色上。

人生的答卷包括两个部分，
一部分是你的前半生——
在工作岗位上的所言所行；
另一部分是你的后半生——
在退休离职之后的所作所为。

对老年人来说，
答卷的前半部分已经完成，
眼下重要的是——
写好答卷的后半部分。
写文章既要有好的开头，
也要有好的结尾，
人生的答卷也应如此。
文章的结论多写在末尾，
人生的答卷更看重的是晚节。

你的答卷能得多少分，

是 60 分、70 分，

还是 80 分、90 分，

是红色的还是灰色的，

主动权完全在你手里。

如果你得分较少，

千万不要怪怨别人，

因为这是由你自己写下的。

第六篇

人生就像一本书

有人生，
就有故事。
人来到世界，
是故事的开头；
人离开世界，
是故事的结尾，
人生就像一本书。

有故事的书，
才能读得下去；
有故事的人生，
才是真实的人生。
酸甜苦辣是一种波澜，
喜怒哀乐是一种曲折，
高山低谷是一种起伏，
坎坎坷坷是一种衬托。
所有这些，
都是人生故事中不可缺少的情节。

书中的故事，

来自书外的世界；
一个人活在什么样的世界，
就会有什么样的故事。

天下是个世界，
你自己也是个世界；
生活是个世界，
人心也是一个世界。
人的心态不同，
故事也会有所不同。

儿童的故事充满着天真，
老人的故事浸润着深邃；
凡人的故事，像山涧之小溪，清澈透亮；
伟人的故事，像大海之波涛，汹涌澎湃；
圣人的故事，像山巅之白雪，洁净无瑕。

书中的故事，
是用笔写出来的；
人生的故事，
是用心写出来的。
每个人都有自己的人生，
每个人都有自己的故事；
每个人都有颗属于自己的心，
每个人都应写好自己这本书。

人生如水品自高

水——
可在高处,
也可在低处;
随圆即圆,
随方即方;
它能融入山间之小溪,
也能汇入浩瀚之大海;
它能滋润万物,
但却不与万物相争。
"上善若水"四个字,
道尽了人生的真谛;
人要活得自在,
就应有水一样的品格。

人性的弱点,
就在一个"争"字。
与天争,与地争;
与人争,与物争。
争什么呢?

有的争名，

有的争权，

有的争钱，

有的争女人，

但归根到底是争利益。

争到了就高兴，

争不到就痛苦；

争到极限，

还可能引发命案。

想想看，

人间的许多不幸，

不就是这样争出来的吗？

人要向水学习——

可高可低。

别人比你高，

千万不要嫉妒；

你比别人高，

千万不要自傲。

高处有高处的美，

低处也有低处的美；

是高是低均一样，

最后都要躺在病床上。

第六篇

人要向水学习——

随圆就方。

人的一生都在路上，

大路要走，小路也要走；

平路要走，山路也要走，

直路要走，弯路也要走；

陆路要走，水路也要走。

该走什么路，就走什么路。

一切随遇而安，

一切顺其自然。

人要向水学习——

不争不抢。

人生短暂，

生不知何时，

死不知何处。

但人生最难面对的，

并不是生死，

而是利益。

利益伴随人的一生，

利益是人生最大的诱饵。

人生在世，

争的抢的不都是利益吗？

然而，
不管争来的还是抢来的，
最后还不都是别人的？！
人要活得自在，
就当记住两句话——
上善若水，
为善最美。

第六篇

标点符号话人生

汉语是一个神奇的宝库,
汉语中的标点符号,
也是对人生的极好诠释。

你看——
逗号:
圆圆的点上长出个小尾巴,
似活蹦乱跳的蝌蚪,
像刚刚萌动的豆芽,
预示着无限的生命力。

句号:
一个封闭的圈儿,
里面空空的,
外面却严严实实,
仿佛要与世隔绝,
终止一切。

问号:
一条变形的直线,

像一只耳朵，

总想听到些什么，

对一切都要探个究竟。

惊叹号：

上半截是线条的浓缩，

下半截是重重的一点，

如雷贯耳，

催人警醒，

让你随时保持高度的警惕。

省略号：

是线条的分解与断裂，

尽管六个点整整齐齐地排成一行，

但总给人以懒惰的感觉。

人生也是一篇文章，

做文章要用好标点符号，

做人要很好地把握自己。

人在事业的奋斗和生活的旅途中，

应当多一点逗号的精神和问号的勇气，

少一点句号的满足和省略号的懒惰，

至于那惊叹号的钟声，

则无论在任何时候——

都是要在耳边响起的。

做人要从养德做起

蜀道之难，
难于上青天。
人生之难，
难于会做人。

有的人，
满肚子知识，
但到头来却一事无成；
有的人，
浑身是力气，
但一路走来屡屡受挫。
原因何在？
就在于没有学会做人。

你想得到别人的尊重，
自己却不去尊重别人；
你想被别人理解，
自己却不去理解别人；
你想让别人关心，
自己却不去关心别人。

这是多么的愚蠢，
这该怪谁？
只能怪自己。

要想学会做事，
首先应当学会做人。
做事，
要从小事做起；
做人，
要从养德做起。
做人是——
一辈子的大事，
做人是——
别人无法替代的事情，
做人是——
一门至为高深的学问，
人的命运就掌握在自己手中。

看人只看后半截，
你要稳稳地走好人生的最后几步，
绝不能忘记了做人。
鲁迅先生说得好——
一个人最重要的就是"晚节"，
一不小心，
可能前功尽弃了。

做事要从改变自己做起

年轻时,
我的想象力毫无限制,
我梦想改变这个世界。

当我成熟时,
发现——
自己不能改变这个世界,
我将目光缩短了,
决定只改变自己的国家。

当我进入暮年后,
又发现——
我连自己的国家也不能改变,
只想改变自己的家庭。
然而,这也是不可能的。

但当我躺在床上,
即将告别人世时,
突然意识到——

一开始，
我就应该去改变自己，
让自己作为一个榜样。
这样我可能会改变自己的家庭，
在家人的帮助下，
我还可能为国家做些事情，
我甚至可能改变这个世界。

这是一位逝者的告诫。
他的告诫，催人深思，让人警醒——
你若想走向成功，
就首先去改变自己；
世界上最难改变的不是事情本身，
而是你自己。
人即使到了晚年，
也要学会改变自己，
不断完善自己。

注：在伦敦闻名世界的威斯敏斯特大教堂地下室的墓碑林中，有一块名扬世界的墓碑。其实，这只是一块很普通的墓碑，粗糙的花岗石质地、造型也很一般，同周围那些质地上乘、做工优良的20多位英国前国王墓碑，以及牛顿、达尔文、狄更斯等名人的墓碑比起来，它显得微不足道，不值一提。并且它没有姓名，没有生卒年月，甚至上面连墓主的介绍文字也没有，但它却名扬世界。为什么呢？就因为墓碑上刻着一段发人深省的话。笔者将这段话编写成本文，供读者尝鉴。

第六篇

君子高在何处

民间有句话——
宁可得罪君子,
也不要得罪小人。
没有比这句话,
更能表达对君子的赞美了。

许多人都想做个君子,
但又很难成为个君子。
做君子难,
就难在一个"正"字上——
心要正,
身要正,
行要正。
心不正就会生歹意,
身不正就会走错路,
行不正就会惹是非。
有的人,
至死不能成为个君子,
差就差在——

缺少这个"正"字上。

何为心正?
心正者公也。
做父母的心不公,
儿女之间就会闹纷争,
家庭就会失去和睦,
家不和则万事衰。
当领导的心不公,
单位的是非就会多起来,
阿谀奉承者有之,
打小报告者有之,
告黑状者有之,
如此一来,
单位的风气就不正了。
风气不正,
则人气受损;
人气一损,
则万事皆损。

何为身正?
身正者律也。
人性的弱点,
如同身上的病灶,

一有机会就要表现出来。

掖着藏着没有用，

自生自灭不可能。

唯一的办法——

就是面对，

面对的最佳选择——

就是律己。

何为行正？

行正者道也。

古人讲道，

是说做事要合乎天意，

合天意就是顺人心。

合天意、顺人心的事可做，

否则，

就是违天，

就不可做。

今人讲道，

是指按道理和规矩办事，

人缺什么，

都不能缺理；

人违什么，

都不能违规。

缺理违规，

就会把事做砸了,
把路行偏了。

一个"正"字,
能成就万千伟业;
一个"正"字,
也能难倒英雄好汉。
一个"正"字,
缘何有如此之伟力?
只因为——
"正"即是"德",
而且是大德,
是德中之德。

第六篇

小人小在哪里

君子可敬,
小人可恨。
何为小人,
小人小在哪里,
小人的可恨之处是什么呢?

小人也当属恶人,
即使不算大恶,
也可称为小恶。
小人——
绝不是由于个子小,
而是由于——
眼小、心小、度量小。

由于眼小,
把豆大点利,
也看得——
如同万贯家产一样;
由于眼小,

只会算小账，
而不会算大账，
总是因小失大；
更由于眼小，
很容易被金钱所蔽，
福来了不知道，
法来了才吓一跳。

心小就更可恶了。
因为心小，
总是——
以己之心度他人之腹，
把自己估高了，
把别人看低了；
因为心小，
对谁都不放心，
与朋友相处也要留一手，
以备秋后算账；
更有甚者，
心眼小到了极点，
对别人的算计也达到了极致，
你即使把心交给他，
他也会认为，
你是想蒙蔽和欺骗他。

因为度量小,
而招来的可恶之处也不少。
有这种毛病的人,
心理特别阴暗,
深藏不露的东西特别多,
把自己的那颗心包裹得特别严实。
他的一切,
都好像是一等机密,
生怕别人知道半点。
由此——
养成一种说假话的习惯,
有时——
还能把假话说得与真话一样。

小人并非一切都小,
也有大的地方。
比如疑心大,
除了相信自己外,
再没有任何人可相信。
再比如胆子大,
自以为聪明,
常以一贯正确自居,
连法律不允许的事也敢做。

还比如胃口大,
做事不是循序渐进,
而是像一条会吹牛的蛇,
一口就想把整头大象吞到肚里。

小人的小与大,
是相通的。
小促成大,
大促成小。
正是这既小又大,
生成了那么多的可恨之处。

明显做坏事不为可恨,
见人耍脾气也不为可恨,
小人的可恨之处在于,
柿子专拣软的捏,
对人专挑善的欺。
然而,
人有千条妙计,
天有一定之规;
人算不如天算,
小人千算万算,
最终还是毁了自己。

小人是社会的牙垢，

也是人生的一位老师。

在你的一生中，

能够远离小人是一种幸运，

但如果真吃了小人的苦头，

也不失为一种得到。

因为——

他能让你学到在常人身上学不到的东西。

人不能过分自我

人不能没有自我，
但也不能只有自我。
没有自我，
你的生命将会变得索然无味；
但只有自我，
你的生命则必定会失去光泽。

什么是我，
我就是自己吗？
太狭隘了！
我就是上帝吗？
太夸张了！
还是佛家说的好——
我就是无我，
无我就是有我。

怎么看我，
我一定比你弱吗？
太自卑了！

我一定比你强吗？
太狂傲了！
还是哲人说的好——
我只是棵小草，
但我长在肥沃的土地上。

我不但有强弱之分，
还有大小之别。
就一个家庭而言，
父母是个大我；
就一个单位而言，
员工是个大我；
就一个国家而言，
百姓是个大我。
你再富再贵，
也只是个小我。

人生中的喜剧，
无不缘于钟爱大我；
而人生中的悲剧，
则往往缘于过分自我。
人的境界不同，
其生命的光亮程度就大不一样。

人不能只活在自我的世界里。

自我的世界再大，

也是极为渺小的——

如同夏日的一滴水，

太阳一晒就干了；

也如同深秋的一片黄叶，

风一吹就掉了。

人应当活在大我之中。

人在一生中，

如果连几个朋友也没有，

连一个知己也没有，

甚至连亲人也觉得可有可无，

这不是很可悲吗？

这样的人，

会有多少快乐与幸福？！

这样的人，

与戈壁里的卵石又有何区别？！

一个"我"字，

能测试出人的心灵；

一个"我"字，

也关乎到你的整个人生。

一个人如果心里只有自我，

这不仅是一种愚蠢,

也不仅是一种自私,

更是对生命的一种亵渎。

这并非只是笔者的感慨,

而是多少老年人的忠告。

守住本分看高低

人，本来没有高低贵贱之分，
但多少人都盼高而怕低，
以为高了就贵了，
低了就贱了。
于是，又有了这样的话——
人往高处走，
水往低处流，
而且被认为是至理名言。
殊不知，
这也是人生中的一剂迷魂药。

不少人都谋着当官——
当了科长想处长，
当了处长想厅长，
当了厅长还想升部长。
为了把官当大一些，
跑官要官者有之，
买官卖官者有之，
副职雇凶杀正职者也有之。

表面看有些人升值了，
实际上是贬值了。
周围的人骂，
老百姓也骂，
这样的官即使当大了，
又有什么意思！

就说凭本事、靠实绩升官的吧，
谁又能一辈子在高处呢？
人在高峰上只是暂时的，
最终都要回到平地上。
这正如一架飞机，
即使飞到万米高空，
最后不也要落在平坦的土地上吗？

人生在世，
经常应当想的是——
做好事，
做大事，
成大业，
而不是登高枝、谋高位。
古人早把话说透了——
往下一矮就出贵，
往上一贪准不足；

往小一缩就厚实，

往大一摊就薄啦！

做人是要守住本分的，

本分是做人的底线。

守住本分，

你就高了；

失去本分，

你就非低不可。

因为失去本分，

就等于失去了做人的资格。

一个人——

如果连做人的资格都没有了，

还有什么高低可言呢？！

第六篇

透过成败看坚持

没有几个人，
不认识"坚持"二字，
但却有很多人，
败在缺少"坚持"二字上。

有的人，
志向远大得很，
心中的蓝图美得很，
口中的豪言壮得很，
开始几步走的也快得很，
但——
或因遇到了某种困难，
或因遭受到某种挫折，
就气馁了，
退缩了，
半途而废了。
废在哪里？
就废在缺少"坚持"二字上。

别说做大事，
就连一些小事，
也不能少了坚持。
你病了，
需要吃30付中药，
但只吃了5付，
你就不吃了，
这病能好吗？

谁都知道——
运动有利于健康，
但真正能——
坚持锻炼的人又有多少？
就说走路吧，
用不着器具，
用不着花钱，
迈开腿就行，
再简单不过了。
但走10天可以，
走10个月就难了，
走三年五年就更难了，
难就难在"坚持"二字。

环顾生活，纵观世事，

第六篇

没有哪一种成功,
可以缺少坚持。
而且,
越是伟大的成功,
越需要坚持。

红军长征,
靠得是坚持;
上甘岭战役,
靠得是坚持;
唐僧取经,
靠得是坚持;
释迦牟尼成佛,
靠得也是坚持。

"坚持"二字,
好认好写,
但真正做到就难了。
坚持不仅是一种智慧,
它更是一种信念;
坚持不仅是一种能力,
它更是一种品格;
坚持不仅能测试人的毅力,
还可以测试人的境界。

要坚信，
无论对谁来说，
所有的成功——
都珍藏在最后一下的坚持之中。

第六篇

人生没有白走的路

人在回忆往事时,
容易想起已经走过路。
有的路是该走的,
也走对了;
有的路是可走可不走的,
却也走了;
还有的路原本是不该走的,
但也走了。

想到这些,
会有喜悦,
也会有遗憾,
还会有懊悔,
这都应当算作正常。
人非圣贤,
哪有步步都走的那么正确呢?

人的一生,
要走太多太多的路。

但不管什么路，
既然已经走了，
就都算数，
就当珍惜。
因为——
人生没有白走的路。

那走对了的路，
已经为你增添了光彩，
肯定不是白走的。
那可走可不走的路，
乍看是白走了，
但仔细想，
并不是这样，
因为在路途上，
也让你看到了别样的风景。
那不该走的路，
也许就是错路，
但错也就错的价值，
不正是因为走过错路，
才使你后来的路走的更好吗？

地上的路，
是别人走出来的；

人生的路,
是你自己走出来的。
地上的路,
是用脚走出来的;
人生的路,
是用心走出来的。

地面的路上,
有坑坑洼洼;
人生的路上,
有荆棘与陷阱。
跨过地面路上的坑坑洼洼,
靠得是脚力;
战胜人生路上的荆棘与陷阱,
靠得是心力。

人生的路,
你已经走了多一半;
不管走得如何,
既然已经走了,
就别再把它放在心上。
你该在意的是——
如何走好今天的路。

人生容易犯的两个错误

人生最容易犯两个错误：

一个是——

把希望都寄托在别人身上；

另一个是——

用健康换取其它身外之物。

环顾生活，

多少人的悲哀与失败，

不均与这两个错误密切相关吗？！

人的一生都在路上，

自己的路要自己走，

路边的风景要自己看，

自己的故事要自己讲。

腿脚不好，

就走慢一些；

行囊太重，

就减轻一些；

目标太高，

就放低一些。

有时候，
你要把自己当作别人；
有时候，
你要把别人当作自己；
但无论在任何时候，
你都不能——
把全部希望寄托在别人身上。

希望是人生的太阳，
你把太阳都交给别人，
自己的生命，
还会有多少光亮？！

人的一生都在抗争——
与天抗争，
与地抗争，
与人抗争；
但争来抗去，
竟会忘记——
什么才是自己最重要的；
甚至会——
以健康为代价，

换取其它的身外之物。

结果如何呢?
权力有了,
地位有了,
金钱、名誉也有了,
自己想要的一切几乎都有了;
但却失去了健康,
躺在了病床上。

此时,
才意识到,
自己是多么的愚蠢。
此时,
他宁可用已经拥有的一切——
换回健康,
但这已是完全不可能的了。

人生的两个错误,
告诉我们一个道理——
高贵的生命并不愚蠢,
愚蠢的是拙劣的人性。

人生最大的失败是什么

一个坐在囚车里的人,
看到路边的乞丐,
也会心存羡慕。
为什么呢?
因为乞丐拥有自由。

一个身陷囹圄的人,
看到天上飞翔的鸟儿,
也会心生嫉妒。
为什么呢?
因为自己失去了自由。

人只有在失去自由的时候,
才能真正感知自由的可贵,
这正像只有饥肠辘辘的人,
才会倍感面包的重要一样。

自由是快乐的源头,
追求自由是人的天性。

人生最大的失败，
莫过于失去自由；
人生最大的拥有，
莫过于享有充分的自由。

人到老年，
应像孩时一样，
不要有太多的束缚，
不要有太多的顾忌，
放开自己，
去享受自由。

人生苦短，
命运难测。
自己的生活靠自己去安排，
自己的快乐靠自己去创造，
自己的自由靠自己去经营。

花儿有盛开的时候，
也会有凋谢的时候；
人的生命只有一次，
谁也不能重活一回。
亲爱的老年朋友，
珍惜你的自由吧，
放飞你的自由吧！

第六篇

读书能够改变人生

古时候,
把上学读书称之为念书,
而且把念书看得很重。
有两句流传很广的话——
万般皆下品,
惟有读书高。

但现在的一些人,
却只认钱不认书,
以为只有钱才是最好的东西。
至于读书,
已是过时的事情。
此乃,
花红酒绿中的一种悲哀。

即使还在读书的人,
也存有偏颇。
有的只为了一纸文凭,
有的只为了装潢门面,

还有的是为了吓唬别人。

但最让人担忧的是——

书归书，

人归人，

只念书不念人。

以致——

念书竟念傻了，念呆了。

表面看——

是因书而荣，

其实是——

因书而废。

人不仅要爱读书，

而且要学会读书。

小视读书的人，

应当明白——

书是人类进步的阶梯，

读书可以增加底气，

读书可以提升正气，

读书能够改变人生。

不会读书的人，

应当记住——

念书先念人，

要把一个字当做一个人，
把一句话当做一个家庭，
把一本书当做一个社会；
要把孩童当做儿女，
把长辈当做父母，
把别人当做自己。

想想吧，
如果大家都读书，
如果大家都念人，
人人都好了，
家家都好了，
社会何愁不和谐，
世界何愁不太平！

什么样的人最受尊敬

受人尊敬,
是一种特殊的享受。
作为一个正常人,
谁都想得到别人的尊敬,
但这并不是件容易的事情。

有的人,
即使位高权重,
或声名显赫,
别人也不把他放在眼里,
更谈不上尊敬。
而有的人,
即使清贫度日,
或退休多年之后,
仍能受到大家的尊敬。

这是为什么呢?
能够回答这一问题的最好老师,
不是柜子里的书本,

也不是大学里的教授，
而是你身边的生活。

环顾生活，你会发现，
大凡受人尊敬的人，
都有以下7个特征：

（一）厚道

无论说话办事，
都实实在在——
有一说一，有二说二；
不说假话，不拉偏架。
因为德厚，能以德服人；
因为有道，能以理服人。

（二）公正

天下之人无奇不有，
天下之事众说纷纭。
大到一个国家，
小到一个单位，
唯有主持公正，
才能服众求安。
500多年前的包公至今为人称颂，
就源于"公正"二字。

（三）谦逊

从不高看自己，

更不低看别人。

看自己，全是找缺点，

看别人，全是找优点。

在自己眼里，

别人永远是老师；

在别人眼里，

自己永远是学生。

（四）诚信

凡事都诚实守信，

以一片真心待人，

以一诺千金服人。

由于付出的是真心，

得到的也是真心；

由于说到就能做到，

收获的都是信任。

（五）务实

做事情——

不心血来潮，

不好大喜功，

不急功近利,

而是一切从实际出发;

不图虚名,但求实效;

不求最好,但求更好。

(六)律己

金无赤足,

人无完人;

人之高尚,

贵在律己。

对自己苛刻一些,

才能成长得更好一些。

律己——

其实是在用行动律人。

(七)善良

看到一个乞丐,

愿意去施舍;

看到一个盲人,

愿意去帮扶;

看到一个浪子,

愿意去救助。

为善最美,

为善者最能受到别人的尊重。

第七篇

人生有度，难在适度。人生的糊涂，多源于入迷。重重的人生，应当轻轻地走过。

人生有度　难在适度

天气冷热有度，
水温高低有度，
土地干湿有度，
光线强弱有度。
自然界有度，
人生也有度。

人生中的度，
无时不有，
无处不在。
你看，
血压血糖有度，
高了低了都不行；
吃饭睡觉有度，
多了少了都不行；
身体胖瘦有度，
太胖太瘦都不行。
身体方面的度，
虽然也难以把握，

但最难把握的度，
还是在做人方面。

问题往往就出在——
"过头"二字上。
执着过了头，
就可能变成固执；
自信过了头，
就可能变成自负；
谦虚过了头，
就可能变成虚伪；
豪气过了头，
就可能变成霸气；
节俭过了头，
就可能变成自虐；
娱乐过了头，
就可能变成放纵；
聪明过了头，
就可能变成糊涂；
得到过了头，
就可能变成失去。

看看那些入狱的贪官吧，
哪个不是倒在"过头"上。

自己的钱本来够花了,
但还嫌少,
于是就去贪;
贪了百万想千万,
上了千万还想上个亿。
正是——
误在失度,
败在过度。

人生有度,
难在适度。
适度之难,
难在心上。
人心好动,
但往往因动而乱。
心乱了,
哪有不失度的!

度,是一种守恒,
度,是一种定律。
说到底,
适度,就是这么三句话——
过犹则不及,
物极则必反,
万事皆应顺其自然。

尽慈度人　重在补德

人从娘肚子里钻出来，
先当孙子、儿子，
自己有了儿女当父亲，
有了孙子又当爷爷，
真是小一遍老一遍。

当父母的，
在家里都可称作为老人，
但做老并不是件容易的事情。
古人早把这事看透了，
王善人就说过——
做老，就要学会"尽慈"，
"尽慈"就是度人。
然而，
许多人至今仍不明白其中的道理。

看看生活中一幕幕的悲剧吧！
有的父母，
由于任性娇惯、一味溺爱，

以致儿女不务正业,
家里出了个浪子,
社会上多了个游民。
有的父母,
儿女越胡造,
自己越为儿女贪,
还说儿女不成器,
怕他们将来吃苦受罪。
还有的父母,
对外人刻薄吝啬,
见贫不帮,
见困不济,
却只顾为儿女买房置地;
自己勒紧裤带过日子,
儿女们却在那里海吃楞花。

这哪里是爱子!
他们对儿女的一次次放纵,
简直就是将其推向悬崖;
他们塞给儿女的大把大把钞票,
简直就是一剂剂毒药。

这哪里是尽慈!
尽慈度人是有道的,
打骂不合道,

溺爱不合道，
迁就不合道，
放纵更不合道。

儿女不成才，
多是因为德行不足；
尽慈度人，
最重要的是补德。
才与福都是从德上来的，
德行足了，
才与福慢慢也就有了。

自然，也有问题的另一面，
当父母的要明白，
尽慈度人首先要正己。
己不正怎能正人呢？
你让儿女不要这样那样，
而自己却是那样做的，
儿女能服气，
能听得进去吗？

佛是度人的，
如果你自己好，
又把子女都度好了，
那你也就成佛了。

路在脚下　力在心上

人的一生都在路上，
但有的路，
要用脚走；
而有的路，
则要用心走。

人生路上，
有高山，有河流；
有雪山，有草地；
有疾风，有暴雨；
有朋友，有对手。
你在这样的繁复中行走，
单靠脚行吗？

人生路上，
有得就有失，
有大就有小，
有高就有低，
有直就有曲，
有进就有退，

有上就有下，
有甜就有苦，
你在这么多的困扰中行走，
单靠脚行吗？

路在脚下，
但力在心中。
脚累了，
歇一会儿就可以了；
但心累了，
那麻烦就多了。
人生路上，
会有阳光普照，
但也必定伴随着风雨。
阳光下，
你可以闲庭信步；
风雨中，
你就必须以心当步。
你的心力有多大，
脚力才会有多强。

人生难，
常难在路上。
这路上——
不仅有太多的崇山峻岭，

还会有太多太多的诱惑。
有的人大半辈子都过去了，
却倒在了路上。
是脚上出问题了吗？
不是，
是心上出了问题。
看看那些倒下的贪官，
哪个不是这样？！

脚与心，
都长在人的身上，
但其功能并不一样。
如果把人比做一棵树，
脚只是一个枝杈，
而心才是主杆。
主杆被掏空了，
这树还能得好吗？

人心是管总的，
人要把路走好，
首先要把自己的心养护好。
心正了，
路才不会走偏；
心强了，
路才能走得更远。

没钱不行　钱多没用

一分钱，
能难倒英雄汉，
没钱不行。
但并非钱越多越好，
钱太多了，
也就没什么用处了。

钱是个好东西。
有了钱，
可以买房买车，
还可以买这买那，
生活无忧，
日子过得舒舒坦坦。

但钱也是个坏东西，
因为钱多，
该有的都有了，
不该有的也有了，
连过去皇帝没有的也有了。

但理想没有了，
信念没有了，
连慈善之心也没有了；
穷的只剩下钱，
别的什么都没有了。

钱是用来花的，
而不是看的。
但确有这样的人，
因为钱太多了，
那么多的票子，
竟变成了摆设。
放满一柜子，
再放一柜子；
柜子放不下，
就用整间屋子放。
为什么不存银行呢？
因为怕，
因为这些钱是贪来的。
结果如何呢？
惹来了牢狱之灾。

也有另外一种情况，
钱是自己挣来的，

干干净净。

这钱怎么用呢?

首先想到的是儿女,

还想到了孙子,

把钱都存在儿孙的名下,

结果怎样呢?

儿孙觉得——

钱一辈子都够花了,

就躺在钱上过日子,

但人却被荒废了。

仔细想想,

钱的作用实在有限。

钱可以买到房屋,

但买不到温暖;

钱可以买到珠宝,

但买不到美丽;

钱可以买到药物,

但买不到健康;

钱可以买到书籍,

但买不到智慧;

钱可以买到"服从",

但买不到"忠诚";

钱可以买到"小人之心",

但买不到"君子之腹"。

还有，

钱可以买到信任吗？

钱可以买到理解吗？

钱可以买到爱情吗？

都不能！

人一定要明白，

钱有时候是个好东西，

有时候却是个坏东西。

一个人有多少钱并不重要，

重要的是——

有一颗善美之心。

人善钱才美，

人恶钱必脏。

人生苦短　苦在何处

人生苦短，
苦在何处？
不是苦在身上，
也不是苦在事上，
而是苦在心上。

人生路上，
有坦途，
也会有沟壑；
有美景，
也会有陷阱，
这太正常不过了。

人在生活中，
有团聚，
也会有分离；
有得到，
也会有失去，
这太正常不过了。

人在做事中,
有帮手,
也会有对手;
有成功,
也会有失败,
这也太正常不过了。

但——
不管是沟壑与陷阱之苦,
不管是分离与失去之苦,
不管是对手与失败之苦,
或者是别的什么苦,
皆万变不离其心。

人生的苦与甜,
不能用眼耳去品尝,
不能用鼻舌去品尝,
不能用身体去品尝,
而只能用心去品尝。
人心也是个世界,
你的心越大,
苦就会越少;
你的心越小,

苦就会越多。

人生的许多苦,
既不是天降的,
也不是地给的,
而是自找的。
试想,如果——
你能把那沟壑与陷阱,
也视为一种正常;
你能把那分离与失去,
也视为一种拥有;
你能把那对手与失败,
也视为一位老师,
哪里还会有多少苦呢?
不但不会觉得苦,
还会品尝到——
未曾有过的那种甜呢!

应当相信,
智者智在心上,
强者强在心上,
愚者愚在心上,
弱者弱在心上,
快乐的人——
永远乐在心上。

以德为先　以德为上

养生先养心，
养心先养德。
德厚才能心净，
心净才能体康。
身体无痛苦，
灵魂无纷扰，
人才能快快乐乐。

快乐是心灵的舒展，
快乐是心境的敞亮，
快乐是心扉的洞开，
快乐是心底的微笑，
快乐是心花的怒放。
而这一切，
均源于心的纯净，
而心的纯净，
又源于德的养育。

德是生命的基石，

德是生命的沃土，
德是生命的佐料，
德是生命的太阳。

德厚——
你的眼睛才会明亮，
欣赏那路边的风景；
德厚——
你的心胸才会开阔，
品尝那生活中的甜美；
德厚——
你的脚步才会坚实，
跨越那旅途中的坎坷。

人不管在顺利的时候，
还是在困难的时候；
不管在年轻的时候，
还是在老年的时候，
都应当——
以德为先，以德为上。

美德是生命之本，
也是快乐之本，
人不应当只是笑在脸上，
而应当笑在心上。

第七篇

为善去恶　从心做起

看到别人得好,
你就感到高兴,
这就是善。
看到别人得好,
你就感到痛苦,
这就是恶。
看到朋友倒霉,
你就觉得遗憾,
这就是善。
看到朋友倒霉,
你就觉得开心,
这就是恶。
看到仇人死了,
你也悲伤,
这更是善,而且是大善。
看到仇人死了,
你却乐了,
这更是恶,而且是大恶。

善与恶是人性的两极。
一个"善"字,
可以成就人的一生;
一个"恶"字,
可以毁掉人的一生。
善者得道多助,
恶者失道寡助;
善者寿高,
恶者命短;
这都是生活中常见的事实。

善与恶像一面神奇的镜子,
它不仅能照出人的面孔,
而且能透视人的德行。
善者的面孔是慈祥,
其德行是高尚。
恶者的面孔是狰狞,
其德行是低下。
正因如此,
恶人是很怕照镜子的。

善与恶更像一杆秤,
能称出一个人的分量。
无善无恶者,
可称作庸人;

善恶不分者，
可称作贱人；
有善有恶者，
可称作凡人；
知善知恶者，
可称作明人；
为善去恶者，
可称作高人。

善与恶虽然泾渭分明，
但由于人心的浮华，
却常把二者混杂在一起；
这是一些人本有善心，
却不能一善到底的重要原因。

所以，
为善去恶，
一定要从心做起——
先让心静下来，
之后让心清起来，
再后让心壮起来。
心静了，
心清了，
心壮了，
一切就都好办了。

智者省己　愚者怨人

也有这样一些人，
遇到不顺心的事，
就去怪怨别人。
某件事本来与别人无关，
却要在别人身上找原因，
而把自己脱得干干净净，
仿佛自己是个常有理。
其实，
常有理的人往往没有理。

毫无道理地怪怨别人，
首先伤害的是自己。
即使嘴上不说，
心里也怨；
而越怨心里越难过，
越难过心里就越有气。
这叫——
自找气受，
自讨苦吃。

一味地怪怨别人，
而不反省自己，
时间久了，
还会形成一种病态，
变得让人不可理解，
一个大男人，
仿佛就像更年期的妇女一样。
在其看来，
自己永远是正确的，
别人都是过错方，
别人都得让着他，
这种人能有多少快乐呢？

金无足赤，人无完人。
无论谁，
都要坚信——
自己也是有缺点有毛病的人。
缺点毛病在哪里，
也要去寻找，
找到的缺点毛病越多，
你成长得就越好，
进步得才越快。

与人做事，

一旦出现问题，

要有点担当精神，

绝不要想着马上脱身；

否则，

还有谁敢与你合作共事呢？

智者省己，

愚者怨人，

怨人不如省己。

自省也是人生的必修课，

谁如果缺了这门课，

那就应当赶快补上。

第七篇

人生在世　　得失有道

这是一个美丽的故事：

一只狐狸，

发现一窝鸡，

异常兴奋。

然而，只因身子太胖，

钻不进鸡窝，

顿感失望。

但狐狸想了想，

变瘦不就行了吗？

于是饿了三天，

终于钻了进去。

狐狸大喜，

饱餐三天，

可因身体太胖，

却出不来了，

只好又饿了三天。

这只狐狸是聪明的，

但其聪明反被聪明误，

它除过足了嘴瘾外，
别的什么也没有得到。
这个故事很简单，
但却发人深省。

人生在世，
得失皆有道。
耍小聪明会贻误自己，
图虚名会损伤自己，
贪便宜会坑害自己，
施恶招会葬送自己。

现在的一些人，
太浮躁、太虚妄了！
梦想一夜暴富者有之，
梦想一举成名者有之，
梦想一步登天者有之，
然则，到头来还不都是一场空吗？

生活反复告诉我们，
人性的弱点就在于——
只想得到而不想付出；
得失之道就在于——
你想得到多少，
就必须付出多少。

看人看长处　记人记好处

怎么看自己，
又怎么看别人，
这绝不是件小事情。

有这样一些人，
总以挑剔的眼光看别人。
横看竖看，从里到外，
一点好处也没有，
简直就是一堆豆腐渣。
而对自己呢？
总是以欣赏的眼光看，
不管怎么看，
半点毛病也没有，
仿佛就像一朵盛开的牡丹花。
这实在是大错特错了！

你的身上即使有很多长处，
也绝不能把自己高估了；
高估自己，

实际上是把自己放低了。
有的人，
连父母有权、家里有钱，
也作为高估自己的理由，
这种人，
不虚度年华、浪费生命才怪了！

看人看长处，
记人记好处。
不但要看要记，
而且要去寻找。
要相信，
即使恶人也有好处，
正面找不着，
就从反面找。

你不妨这样想——
他曾经欺骗过你，
你恨他，
但你不正是从他的身上，
增长了防骗的智慧吗？
他曾经算计过你，
使你吃了苦头，
但这苦头中，

不也渗透着某种甜头吗？

他曾经抢走了你的好事，

但这只是你的看法，

也许，

这好事原本就不属于你。

他曾经与你争吵过，

但一个巴掌拍不响，

或许，

你自己也有过分的地方。

有两点是要记住的——

找别人的好处，

一不能争理，

二不能计较，

否则，

找到的都是别人的不是。

奉上古人的三句话供您品味：

认不足生"智慧水"，找好处生"响亮金"。

找好处开了"天堂路"，认不足闭上"地狱门"。

认不足胜服"清凉散"，找好处胜用"暖心丸"。

重重的人生　轻轻地走过

人生是沉重的，
这一点，
没有人怀疑。
问题在于，
重重的人生，
怎样才能轻轻地走过。

人生重在何处？
有的重在名上，
有的重在利上，
有的重在权上，
有的重在情上，
但归根结底，
是重在心上。

试想，
如果一个人，
把名呀利呀，
把权呀情呀，

统统都看淡了，
统统都当做身外之物，
哪里还会有那么多的烦恼和痛苦？！
所以，
若想轻轻地走过人生之路，
必须从心做起。

要有平和之心。
无论在何种情况下，
都要把保持平和——
作为处事的黄金法则。
该冷静的要冷静，
该回避的要回避，
该放弃的要放弃。
能够做到多一些糊涂，
是值得赞美的，
能够把放弃也视为一种得到，
更是值得钦佩的。

要有满足之心。
人有满意之时，
却难有满足之日。
在人的一生中，
满足有时是个脏物，

有时却是个圣物。

人性的卑劣在于，

往往本该满足了，

却还存有过多的欲望。

人应当学会，

用心中的"满足"——

去填充那欲望中的"空缺"。

要有从容之心。

从容是一种境界，

一个人是否有从容的心态，

彰显的不仅是其对生活与生命的态度，

而且包括对社会和历史的责任；

袒露的不仅是其目光与智慧，

而且包括胸怀与气度；

折射的不仅是其心境与心力，

而且包括心灵与品格。

要有豁达之心。

人不在得，

有神则安，

人贵有精气神。

倘若你小肚鸡肠，

总是患得患失，

那必定会——

被忧虑所缠身，

被痛苦所折磨，

在生活的坑坑洼洼中越陷越深。

但倘若你——

时时处处，

都能以豁达之心对人对事，

那你必定会成为——

一个享有充分自由的人，

一个能在自由王国中快乐翱翔的人。